D0831813

COLLECTION FOLIO

Patrick Modiano

La place
de l'étoile

Gallimard

Le narrateur, Raphaël Schlemilovitch, est un héros halluciné. A travers lui, en trajets délirants, mille existences qui pourraient être les siennes passent et repassent dans une émouvante fantasmagorie. Mille identités contradictoires le soumettent au mouvement de la folie verbale où le Juif est tantôt roi, tantôt martyr et où la tragédie se dissimule sous la bouffonnerie. Ainsi voyons-nous défiler des personnages réels ou fictifs : Maurice Sachs et Otto Abetz, Lévy-Vendôme et le docteur Louis-Ferdinand Bardamu, Brasillach et Drieu la Rochelle, Marcel Proust et les tueurs de la Gestapo française, le capitaine Dreyfus et les amiraux pétainistes, Freud, Rebecca, Hitler, Eva Braun et tant d'autres, comparables à des figures de carrousels tournant follement dans l'espace et le temps. Mais la place de l'étoile, le livre refermé, s'inscrit au centre exact de la « capitale de la douleur ».

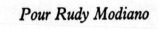

Pour Rudy Modiano

Au mois de juin 1942, un officier allemand s'avance vers un jeune homme et lui dit : « Pardon, monsieur, où se trouve la place de l'Étoile ? »

Le jeune homme désigne le côté gauche de sa poitrine.

(Histoire juive.)

I

C'était le temps où je dissipais mon héritage vénézuélien. Certains ne parlaient plus que de ma belle jeunesse et de mes boucles noires, d'autres m'abreuvaient d'injures. Je relis une dernière fois l'article que me consacra Léon Rabatête, dans un numéro spécial d'*Ici la France* : « ... Jusqu'à quand devrons-nous assister aux frasques de Raphaël Schlemilovitch ? Jusqu'à quand ce juif promènera-t-il impunément ses névroses et ses épilepsies, du Touquet au cap d'Antibes, de La Baule à Aix-les-Bains ? Je pose une dernière fois la question : jusqu'à quand les métèques de son espèce insulteront-ils les fils de France ? Jusqu'à quand faudra-t-il se laver perpétuellement les mains, à cause de la poisse juive ?... » Dans le même journal, le docteur Bardamu éructait sur mon compte :

« ... Schlemilovitch ?... Ah ! la moisissure de ghettos terriblement puante !... pâmoison chiotte !... Foutriquet prépuce !... arsouille libano-ganaque !... rantanplan... Vlan ! .. Contemplez donc ce gigolo yiddish... cet effréné empaffeur de petites Aryennes !... avorton infiniment négroïde !... cet Abyssin frénétique jeune nabab !... A l'aide !... qu'on l'étripe... le châtre !... Délivrez le docteur d'un pareil spectacle... qu'on le crucifie, nom de Dieu !... Rastaquouère des cocktails infâmes.. youtre des palaces internationaux !... des partouzes *made in Haifa* !.. Cannes !... Davos !... Capri et *tutti quanti* !... grands bordels extrêmement hébraïques !... Délivrez-nous de ce circoncis muscadin !... ses Maserati rose salomon !... ses yachts façon Tibériade !... Ses cravates Sinaï !... que les Aryennes ses esclaves lui arrachent le gland !... avec leurs belles quenottes de chez nous... leurs mains mignonnes... lui crèvent les yeux !... sus au calife !... Révolte du harem chrétien !... Vite !... Vite... refus de lui lécher les testicules !... lui faire des mignardises contre des dollars !... Libérez-vous !... du cran, Madelon !... autrement, le docteur, il va

14

pleurer !... se consumer !... affreuse injustice !... Complot du Sanhédrin !... On en veut à la vie du Docteur !... croyez-moi !... le Consistoire !... la Banque Rothschild !... Cahen d'Anvers !... Schlemilovitch !... aidez Bardamu, fillettes !... au secours !... »

Le docteur ne me pardonnait pas mon *Bardamu démasqué* que je lui avais envoyé de Capri. Je révélais dans cette étude mon émerveillement de jeune juif quand, à quatorze ans, je lus d'un seul trait *Le Voyage de Bardamu* et *Les Enfances de Louis-Ferdinand*. Je ne passais pas sous silence ses pamphlets antisémites, comme le font les bonnes âmes chrétiennes. J'écrivais à leur sujet : « Le docteur Bardamu consacre une bonne partie de son œuvre à la question juive. Rien d'étonnant à cela : le docteur Bardamu est l'un des nôtres, c'est le plus grand écrivain juif de tous les temps. Voilà pourquoi il parle de ses frères de race avec passion. Dans ses Œuvres purement romanesques, le docteur Bardamu rappelle notre frère de race Charlie

15

Chaplin, par son goût des petits détails pitoyables, ses figures émouvantes de persécutés... La phrase du docteur Bardamu est encore plus " juive " que la phrase tarabiscotée de Marcel Proust : une musique tendre, larmoyante, un peu raccrocheuse, un tantinet cabotine... » Je concluais : « Seuls les juifs peuvent vraiment comprendre l'un des leurs, seul un juif peut parler à bon escient du docteur Bardamu. » Pour toute réponse, le docteur m'envoya une lettre injurieuse : selon lui, je dirigeais à coups de partouzes et de millions le complot juif mondial. Je lui fis parvenir aussitôt ma *Psychanalyse de Dreyfus* où j'affirmais noir sur blanc la culpabilité du capitaine : voilà qui était original de la part d'un juif. J'avais développé la thèse suivante : Alfred Dreyfus aimait passionnément la France de Saint Louis, de Jeanne d'Arc et des Chouans, ce qui expliquait sa vocation militaire. La France, elle, ne voulait pas du juif Alfred Dreyfus. Alors il l'avait trahie, comme on se venge d'une femme méprisante aux éperons en forme de fleurs de lis. Barrès, Zola et Déroulède ne comprirent rien à cet amour malheureux.

Une telle interprétation décontenança sans doute le docteur. Il ne me donna plus signe de vie.

— Les vociférations de Rabatête et de Bardamu étaient étouffées par les éloges que me décernaient les chroniqueurs mondains. La plupart d'entre eux citaient Valery Larbaud et Scott Fitzgerald : on me comparait à Barnabooth, on me surnommait « The Young Gatsby ». Les photographies des magazines me représentaient toujours la tête penchée, le regard perdu vers l'horizon. Ma mélancolie était proverbiale dans les colonnes de la presse du cœur. Aux journalistes qui me questionnaient devant le *Carlton*, le *Normandy* ou le *Miramar*, je proclamais inlassablement ma juiverie. D'ailleurs, mes faits et gestes allaient à l'encontre des vertus que l'on cultive chez les Français : la discrétion, l'économie, le travail. J'ai, de mes ancêtres orientaux, l'œil noir, le goût de l'exhibitionnisme et du faste, l'incurable paresse. Je ne suis pas un enfant — de ce pays. Je n'ai pas connu les grand-mères qui vous préparent des confitures, ni les portraits de famille, ni le catéchisme. Pourtant, je ne cesse de rêver aux enfances provinciales. La mienne est peuplée de gouvernantes anglaises et se déroule avec monotonie sur des plages frelatées : à Deauville, Miss Evelyn me tient par la main. Maman me délaisse pour des joueurs de polo. Elle vient m'embrasser le soir dans mon lit, mais quelquefois elle ne s'en donne pas la peine. Alors, je l'attends, je n'écoute plus Miss Evelyn et les aventures de David Copperfield. Chaque matin, Miss Evelyn me conduit au Poney Club. J'y prends mes leçons d'équitation. Je serai le plus célèbre joueur de polo du monde pour plaire à Maman. Les petits Français connaissent toutes les équipes de football. Moi, je ne pense qu'au polo. Je me répète ces mots magiques : « Laversine », « Cibao la Pampa », « Silver Leys », « Porfirio Rubirosa ». Au Poney Club on me photographie beaucoup avec la jeune princesse Laïla, ma fiancée. L'après-midi, Miss Evelyn nous achète des parapluies en chocolat chez la « Marquise de Sévigné ». Laïla préfère les sucettes. Celles de la « Marquise de Sévigné » ont une forme oblongue et un joli bâtonnet.

Il m'arrive de semer Miss Evelyn quand elle m'emmène à la plage, mais elle sait où me trouver : avec l'ex-roi Firouz ou le baron Truffaldine, deux grandes personnes qui sont mes amis. L'ex-roi Firouz m'offre des sorbets à la pistache en s'exclamant : « Aussi gourmand que moi, mon petit Raphaël ! » Le baron Truffaldine se trouve toujours seul et triste au Bar du Soleil. Je m'approche de sa table et me plante devant lui. Ce vieux monsieur me raconte alors des histoires interminables dont les protagonistes s'appellent Cléo de Mérode, Otéro, Émilienne d'Alençon, Liane de Pougy, Odette de Crécy. Des fées certainement comme dans les contes d'Andersen.

Les autres accessoires qui encombrent mon enfance sont les parasols orange de la plage, le Pré-Catelan, le cours Hattemer, David Copperfield, la comtesse de Ségur, l'appartement de ma mère quai Conti et trois photos de Lipnitzki où je figure à côté d'un arbre de Noël.

Ce sont les collèges suisses et mes premiers flirts à Lausanne. La Duizenberg que mon oncle vénézuélien Vidal m'a offerte pour mes dix-huit ans glisse dans le soir bleu. Je franchis un portail, traverse un parc qui descend en pente douce jusqu'au Léman et gare ma voiture devant le perron d'une villa illuminée. Quelques jeunes filles en robes claires m'attendent sur la pelouse. Scott Fitzgerald a parlé mieux que je ne saurais le faire de ces « parties » où le crépuscule est trop tendre, trop vifs les éclats de rire et le scintillement des lumières pour présager rien de bon. Je vous recommande donc de lire cet écrivain et vous aurez une idée exacte des fêtes de mon adolescence. A la rigueur, lisez *Fermina Marquez* de Larbaud.

Si je partageais les plaisirs de mes cama-rades cosmopolites de Lausanne, je ne leur ressemblais pas tout à fait. Je me rendais souvent à Genève. Dans le silence de l'hôtel des Bergues, je lisais les bucoliques grecs et m'efforçais de traduire élégamment *L'Énéide*. Au cours d'une de ces retraites, je fis la connaissance d'un jeune aristocrate tourangeau, Jean-François Des Essarts. Nous avions le même âge et sa culture me stupéfia. Dès notre première rencontre, il me conseilla pêle-mêle la *Délie* de Maurice Scève, les comédies de Corneille, les *Mémoires* du cardinal de Retz. Il m'initia à la grâce et à la litote françaises.

Je découvris chez lui des qualités précieuses : le tact, la générosité, une très grande sensibilité, une ironie mordante. Je me souviens que Des Essarts comparait notre amitié à celle qui unissait Robert de Saint-Loup et le narrateur d'*A la recherche du temps perdu*. « Vous êtes juif comme le narrateur, me disait-il, et je suis le cousin de Noailles, des Rochechouart-Mortemart et des La Rochefoucauld, comme Robert de Saint-Loup. Ne vous effrayez pas ; depuis un siècle, l'aristocratie française a un faible pour les juifs. Je vous ferai lire quelques pages de Drumont où ce brave homme nous le reproche amèrement. »

Je décidai de ne plus retourner à Lausanne et sacrifiai sans remords à Des Essarts mes camarades cosmopolites.

Je raclai le fond de mes poches. Il me

restait cent dollars. Des Essarts n'avait pas un sou vaillant. Je lui conseillai néanmoins de quitter son emploi de chroniqueur sportif à *La Gazette de Lausanne*. Je venais de me rappeler qu'au cours d'un week-end anglais quelques camarades m'avaient entraîné dans un manoir proche de Bournemouth pour me montrer une vieille collection d'automobiles. Je retrouvai le nom du collectionneur, Lord Allahabad, et lui vendis ma Duizenberg quatorze mille livres sterling. Avec cette somme nous pouvions vivre honorablement une année, sans avoir recours aux mandats télégraphiques de mon oncle Vidal.

Nous nous installâmes à l'hôtel des Bergues. Je garde de ces premiers temps de notre amitié un souvenir ébloui. Le matin, nous flânions chez les antiquaires du vieux Genève. Des Essarts me fit partager sa passion pour les bronzes 1900. Nous en achetâmes une vingtaine qui encombraient nos chambres, particulièrement une allégorie verdâtre du Travail et deux superbes chevreuils. Un après-midi, Des Essarts m'annonça qu'il avait fait l'acquisition d'un footballeur de bronze :

— Bientôt les snobs parisiens s'arracheront à prix d'or tous ces objets. Je vous le prédis, mon cher Raphaël ! S'il ne tenait qu'à moi, le style Albert Lebrun serait remis à l'honneur.

Je lui demandai pourquoi il avait quitté la France :

— Le service militaire, m'expliqua-t-il, ne convenait pas à ma délicate constitution. Alors j'ai déserté.

— Nous allons réparer cela, lui dis-je ; je vous promets de trouver à Genève un artisan habile qui vous fera de faux papiers : vous pourrez sans inquiétude retourner en France quand vous le voudrez.

L'imprimeur marron avec lequel nous entrâmes en rapport nous délivra un acte de naissance et un passeport suisses au nom de Jean-François Lévy, né à Genève le 30 juillet 194...

— Je suis maintenant votre frère de race, me dit Des Essarts, la condition de goye m'ennuyait.

Je décidai aussitôt de transmettre une déclaration anonyme aux journaux de gauche parisiens. Je la rédigeai en ces termes :

« Depuis le mois de novembre dernier, je

suis coupable de désertion mais les autorités militaires françaises jugent plus prudent de garder le silence sur mon cas. Je leur ai déclaré ce que je déclare aujourd'hui publiquement. Je suis JUIF et l'armée qui a dédaigné les services du capitaine Dreyfus se passera des miens. On me condamne parce que je ne remplis pas mes obligations militaires. Jadis le même tribunal a condamné Alfred Dreyfus parce que lui, JUIF, avait osé choisir la carrière des armes. En attendant que l'on m'éclaire sur cette contradiction, je me refuse à servir comme soldat de seconde classe dans une armée qui, jusqu'à ce jour, n'a pas voulu d'un maréchal Dreyfus. J'invite les jeunes juifs français à suivre mon exemple. »

Je signai : JACOB X.

La Gauche française s'empara fiévreusement du cas de conscience de Jacob X, comme je l'avais souhaité. Ce fut la troisième affaire juive de France après l'affaire Dreyfus et l'affaire Finaly. Des Essarts se prenait au jeu, et nous rédigeâmes ensemble une magistrale « Confession de Jacob X » qui parut dans un hebdomadaire parisien : Jacob X avait été recueilli par une famille française dont il tenait à préserver l'anonymat. Elle se composait d'un colonel pétainiste, de sa femme, une ancienne cantinière, et de trois garçons : l'aîné avait choisi les chasseurs alpins, le second la marine, le cadet venait d'être reçu à Saint-Cyr.

Cette famille habitait Paray-le-Monial et Jacob X passa son enfance à l'ombre de la basilique. Les portraits de Gallieni, de Foch, de Joffre, la croix militaire du colonel X et plusieurs francisques vichyssoises ornaient les murs du salon. Sous l'influence de ses proches, le jeune Jacob X voua un culte effréné à l'armée française : lui aussi préparerait Saint-Cyr et serait maréchal, comme Pétain. Au collège, Monsieur C., le professeur d'histoire, aborda l'affaire Dreyfus. Monsieur C. occupait avant-guerre un poste important dans le P.P.F. Il n'ignorait pas que le colonel X avait dénoncé aux autorités allemandes les parents de Jacob X et que l'adoption du petit juif lui avait sauvé la vie de justesse, à la Libération. Monsieur C. méprisait le pétainisme saint-sulpicien des X : il se réjouit à l'idée de semer la discorde dans cette famille. Après son cours, il fit signe à Jacob X de s'approcher et lui dit à l'oreille : « Je suis sûr que l'affaire Dreyfus vous cause beaucoup de peine. Un jeune juif comme vous se sent concerné par cette injustice. » Jacob X apprend avec effroi qu'il est juif. Il s'identifiait au maréchal Foch, au maréchal Pétain, il s'aperçoit tout à coup qu'il ressemble au capitaine Dreyfus. Cependant il ne cherchera pas à se venger par la trahison, comme Dreyfus. Il reçoit ses papiers militaires et ne voit pas d'autre issue pour lui que de déserter.

Cette confession créa la discorde parmi les juifs français. Les sionistes conseillèrent à Jacob X d'émigrer en Israël. Là-bas il pourrait légitimement prétendre au bâton de maréchal. Les juifs honteux et assimilés prétendirent que Jacob X était un agent provocateur au service des néo-nazis. La gauche défendit le jeune déserteur avec passion. L'article de Sartre : « Saint Jacob X comédien et martyr » déclencha l'offensive. On se souvient du passage le plus pertinent : « Désormais, il se voudra juif, mais juif dans l'abjection. Sous les regards sévères de Gallieni, de Joffre, de Foch, dont les portraits se trouvent au mur du salon, il se comportera comme un vulgaire déserteur, lui qui ne cesse de vénérer, depuis son enfance, l'armée française, la casquette du père Bugeaud et les francisques de Pétain. Bref, il éprouvera la honte délicieuse de se sentir l'Autre, c'est-à-dire le Mal. »

Plusieurs manifestes circulèrent, qui réclamaient le retour triomphal de Jacob X. Un meeting eut lieu à la Mutualité. Sartre supplia Jacob X de renoncer à l'anonymat, mais le silence obstiné du déserteur découragea les meilleures volontés.

Nous prenons nos repas aux *Bergues*. L'après-midi, Des Essarts travaille à un livre sur le cinéma russe d'avant la Révolution. Quant à moi, je traduis les poètes alexandrins. Nous avons choisi le bar de l'hôtel pour nous livrer à ces menus travaux. Un homme chauve aux yeux de braise vient s'asseoir régulièrement à la table voisine de la nôtre. Un après-midi, il nous adresse la parole en nous regardant fixement. Tout à coup, il sort de sa poche un vieux passeport et nous le tend. Je lis avec stupéfaction le nom de Maurice Sachs. L'alcool le rend volubile. Il nous raconte ses mésaventures depuis 1945, date de sa prétendue disparition. Il a été successivement agent de la Gestapo, G.I., marchand de bestiaux en Bavière, courtier à Anvers, tenancier de bordel à Barcelone, clown dans un cirque de Milan sous le sobriquet de Lola Montès. Enfin il s'est fixé à Genève où il tient une petite librairie. Nous buvons jusqu'à trois heures du matin pour fêter cette rencontre. A partir de ce jour, nous ne quittons plus Maurice d'une semelle et lui promettons solennellement de garder le secret de sa survie.

Nous passons nos journées assis derrière les piles de livres de son arrière-boutique et l'écoutons ressusciter, pour nous, 1925. Maurice évoque, d'une voix éraillée par l'alcool, Gide, Cocteau, Coco Chanel. L'adolescent des années folles n'est plus qu'un gros monsieur, gesticulant au souvenir des Hispano-Suiza et du *Bœuf sur le Toit*.

— Depuis 1945 je me survis, nous confie-t-il. J'aurais dû mourir au bon moment, comme Drieu la Rochelle. Seulement voilà : je suis juif, j'ai l'endurance des rats.

Je prends note de cette réflexion et, le lendemain, j'apporte à Maurice mon *Drieu et Sachs, où mènent les mauvais chemins*. Je montre dans cette étude comment deux jeunes gens de 1925 s'étaient perdus à cause de leur manque de caractère : Drieu, grand jeune homme de Sciences-Po, petit bourgeois français fasciné par les voitures décapotables, les cravates anglaises, les jeunes Américaines, et se faisant passer pour un héros de 14-18 ; Sachs, jeune juif charmant et de mœurs douteuses, produit d'une après-guerre faisandée. Vers 1940, la tragédie s'abat sur l'Europe. Comment vont réagir nos deux muscadins ? Drieu se souvient qu'il est né dans le Cotentin et entonne, quatre ans de suite, le *Horst-Wessel Lied*, d'une voix de fausset. Pour Sachs, Paris occupé est un éden où il va se perdre frénétiquement. Ce Paris-là lui fournit des sensations plus vives que le Paris de 1925. On peut y faire du trafic d'or, louer des appartements dont on revend ensuite le mobilier, échanger dix kilos de beurre contre un saphir, convertir le saphir en ferraille, etc. La nuit et le brouillard évitent de rendre des comptes. Mais, surtout, quel bonheur d'acheter sa vie au marché noir, de dérober chacun des battements de son cœur, de se sentir l'objet d'une chasse à courre ! On imagine mal Sachs dans la Résistance, luttant avec de petits fonctionnaires français pour le rétablissement de la morale, de la légalité et du plein jour. Vers 1943, quand il sent que la meute et les ratières le menacent, il s'inscrit comme travailleur volontaire en Allemagne et devient, par la suite, membre actif de la Gestapo. Je ne veux pas mécontenter Maurice : je le fais mourir en 1945 et passe sous silence ses diverses réincarnations de 1945 à nos jours. Je conclus ainsi : « Qui aurait pu penser que ce charmant jeune homme 1925 se ferait dévorer, vingt ans après, par des chiens, dans une plaine de Poméranie ? »

Après avoir lu mon étude, Maurice me dit :
— C'est très joli, Schlemilovitch, ce paral-

lèle entre Drieu et moi, mais enfin je préférerais un parallèle entre Drieu et Brasillach. Vous savez je n'étais qu'un farceur à côté de ces deux-là. Écrivez donc quelque chose pour demain matin, et je vous dirai ce que j'en pense.

Maurice est ravi de conseiller un jeune homme. Il se rappelle sans doute les premières visites qu'il rendait, le cœur battant, à Gide et à Cocteau. Mon *Drieu et Brasillach* lui plaît beaucoup. J'ai tenté de répondre à la question suivante : pour quels motifs Drieu et Brasillach avaient-ils collaboré ?

La première partie de cette étude s'intitule : « Pierre Drieu la Rochelle ou le couple éternel du S.S. et de la juive. » Un thème revenait souvent dans les romans de Drieu : le thème de la juive. Gilles Drieu, ce fier Viking, n'hésitait pas à maquereauter les juives, une certaine Myriam par exemple. On peut aussi expliquer son attirance pour les juives de la façon suivante : depuis Walter Scott, il est bien entendu que les juives sont de gentilles courtisanes qui se plient à tous les caprices de leurs seigneurs et maîtres aryens. Auprès des juives, Drieu se donnait l'illusion d'être un croisé, un chevalier teutonique. Jusque-là mon analyse n'avait rien d'original, les commentateurs de Drieu insistant tous sur le thème de la juive chez cet écrivain. Mais le Drieu collaborateur ? Je l'explique aisément : Drieu était fasciné par la virilité dorique. En juin 1940, les vrais Aryens, les vrais guerriers, déferlent sur Paris : Drieu quitte avec précipitation le costume de Viking qu'il avait loué pour brutaliser les jeunes filles juives de Passy. Il retrouve sa vraie nature : sous le regard bleu métallique des S.S., il mollit, il fond, il se sent soudain des langueurs orientales. Bientôt il se pâme dans les bras des vainqueurs. Après leur défaite, il s'immole. Une telle passivité, un tel goût pour le Nirvâna étonnent chez ce Normand.

La deuxième partie de mon étude s'intitule : « Robert Brasillach ou la demoiselle de Nuremberg ». « Nous avons été quelques-uns à coucher avec l'Allemagne, avouait-il, et le souvenir nous en restera doux. » Sa spontanéité rappelle celle des jeunes Viennoises pendant l'Anschluss. Les soldats allemands défilaient sur le Ring et elles avaient revêtu, pour leur jeter des roses, de très coquets dirndles. Ensuite, elles se promenaient au Prater avec ces anges blonds. Et puis venait le crépuscule enchanté du Stadtpark où l'on embrassait un jeune S.S. Totenkopf en lui murmurant des lieds de Schubert. Mon Dieu, que la jeunesse était belle de l'autre côté du Rhin !... Comment ne pouvait-on pas tomber amoureux du jeune hitlérien Quex ? A Nuremberg, Brasillach n'en croyait pas ses yeux : muscles ambrés, regards clairs, lèvres frémissantes des Hitlerjugend et leurs verges qu'on devinait tendues dans la nuit embrasée, une nuit aussi pure que celle que l'on voit tomber sur Tolède du haut des Cigarrales... J'ai connu Robert Brasillach à l'École normale supérieure. Il m'appelait affectueusement « son bon Moïse » ou « son bon juif ». Nous découvrions ensemble le Paris de Pierre Corneille et de René Clair, semé de bistrots sympathiques où nous buvions des petits blancs. Robert me parlait avec malice de notre bon maître André Bellessort et nous échafaudions quelques canulars savoureux.

33

L'après-midi, nous « tapirisions » de jeunes cancres juifs, bêtes et prétentieux. Le soir, nous allions au cinématographe ou bien nous dégustions avec nos amis archicubes de plantureuses brandades de morue. Et nous buvions vers minuit ces orangeades glacées dont Robert était friand parce qu'elles lui rappelaient l'Espagne. Tout cela, c'était notre jeunesse, le matin profond que nous ne retrouverons jamais plus. Robert commença une brillante carrière de journaliste. Je me souviens d'un article qu'il écrivit sur Julien Benda. Nous nous promenions parc Montsouris, et notre Grand Meaulnes dénonçait à voix virile l'intellectualisme de Benda, son obscénité juive, sa sénilité de talmudiste. « Pardonnez-moi, me dit-il tout à coup. Je vous ai blessé sans doute. J'avais oublié que vous êtes israélite. » Je rougis jusqu'au bout des ongles. « Non, Robert, je suis un goye d'honneur! Ignorez-vous qu'un Jean Lévy, un Pierre-Marius Zadoc, un Raoul-Charles Leman, un Marc Boasson, un René Riquier, un Louis Latzarus, un René Gross, tous juifs comme moi, furent de chauds partisans de Maurras? Eh bien moi, Robert, je veux travailler à *Je suis partout* ! Introduisez-moi chez vos amis, je vous en supplie ! Je tiendrai la rubrique antisémite à la place de Lucien Rebatet ! Imaginez un peu le scandale : Schlemilovitch traitant Blum de youpin ! » Robert fut enchanté par cette perspective. Bientôt je sympathisai avec P.-A. Cousteau, « Bordelais brun et viril », le caporal Ralph Soupault, Robert Andriveau, « fasciste endurci et ténor sentimental de nos banquets », le Toulousain jovial Alain Laubreaux, enfin le chasseur alpin Lucien Rebatet (« C'est un homme, il tient la plume comme il tiendra un fusil, le jour venu »). Je donnai tout de suite à ce paysan dauphinois quelques idées propres à meubler sa rubrique antisémite. Par la suite Rebatet ne cessa de me demander des conseils. J'ai toujours pensé que les goyes chaussent de trop gros sabots pour comprendre les juifs. Leur antisémitisme même est maladroit.

Nous nous servions de l'imprimerie de *L'Action française*. Je sautais sur les genoux de Maurras et caressais la barbe de Pujo. Maxime Real del Sarte n'était pas mal non plus. Les délicieux vieillards !

Juin 1940. Je quitte la petite bande de *Je suis partout* en regrettant nos rendez-vous place Denfert-Rochereau. Je me suis lassé du journalisme et caresse des ambitions politiques. J'ai pris la résolution d'être un juif collaborateur. Je me lance d'abord dans la collaboration mondaine : je participe aux thés de la Propaganda-Staffel, aux dîners de Jean Luchaire, aux soupers de la rue Lauriston, et cultive soigneusement l'amitié de Brinon. J'évite Céline et Drieu la Rochelle, trop enjuivés pour mon goût. Je deviens bientôt indispensable ; je suis le seul juif, le bon juif de la Collabo. Luchaire me fait connaître Abetz. Nous convenons d'un rendez-vous. Je lui pose mes conditions ; je veux 1° remplacer au commissariat des Questions juives Darquier de Pellepoix, cet ignoble petit Français ; 2° jouir d'une entière liberté d'action. Il me semble absurde de supprimer 500 000 juifs français. Abetz paraît vivement intéressé, mais ne donne pas suite à mes propositions. Je demeure pourtant en excellents termes avec lui et Stülpnagel. Ils me conseillent de m'adresser à Doriot ou à Déat. Doriot ne me plaît pas beaucoup à cause de son passé communiste et de ses bretelles. Je flaire en Déat l'instituteur radical-socialiste. Un nouveau venu m'impressionne par son béret. Je veux parler de Jo Darnand. Chaque antisémite a son « bon juif » : Jo Darnand est mon bon Français d'image d'Épinal « avec sa face de guerrier qui interroge la plaine ». Je deviens son bras droit et noue à la milice de solides amitiés : ces garçons bleu marine ont du bon, croyez-moi.

L'été 1944, après diverses opérations menées dans le Vercors, nous nous réfugions à Sigmaringen avec nos francs-gardes. En décembre, lors de l'offensive von Rundstedt, je me fais abattre par un G.I. nommé Lévy qui me ressemble comme un frère.

J'ai découvert dans la librairie de Maurice tous les numéros de *La Gerbe*, du *Pilori*, de *Je suis partout* et quelques brochures pétainistes consacrées à la formation des « chefs ». Exception faite de la littérature pro-allemande, Maurice possède au complet les œuvres d'écrivains oubliés. Pendant que je lis les antisémites Montandon et Marques-Rivière, Des Essarts s'absorbe dans les romans d'Édouard Rod, de Marcel Prévost, d'Estaunié, de Boylesve, d'Abel Hermant. Il rédige un petit essai : *Qu'est-ce que la littérature ?* qu'il dédie à Jean-Paul Sartre. Des Essarts a une vocation d'antiquaire, il propose de remettre à l'honneur les romanciers des années 1880, qu'il vient de découvrir. Il se ferait, tout aussi bien, le défenseur du style Louis-Philippe ou Napoléon III. Le dernier chapitre de son essai s'intitule « Mode d'emploi de certains auteurs » et s'adresse aux jeunes gens avides de se cultiver : « Édouard Estaunié, écrit-il, doit se lire dans une maison de campagne vers cinq heures de l'après-midi, un verre d'armagnac à la main. Le lecteur portera un complet strict de chez O'Rosen ou Creed, une cravate club et une pochette de soie noire. Pour René Boylesve, je conseillerai de le lire l'été, à Cannes ou à Monte-Carlo, vers huit heures du soir, en costume d'alpaga. Les romans d'Abel Hermant exigent du doigté : on les lira à bord d'un yacht panaméen, en fumant des cigarettes mentholées... »

Maurice, lui, poursuit la rédaction du troisième volume de ses Mémoires : *Le Revenant*, après *Le Sabbat* et *La Chasse à courre*.

Pour ma part, j'ai décidé d'être le plus grand écrivain juif français après Montaigne, Marcel Proust et Louis-Ferdinand Céline.

J'étais un vrai jeune homme, avec des colères et des passions. Aujourd'hui, une telle naïveté me fait sourire. Je croyais que l'avenir de la littérature juive reposait sur mes épaules. Je jetais un regard en arrière et dénonçais les faux jetons : le capitaine Dreyfus, Maurois, Daniel Halévy. Proust me semblait trop assimilé à cause de son enfance provinciale, Edmond Fleg trop gentil, Benda trop abstrait : Pourquoi jouer les purs esprits, Benda ? Les archanges de la géométrie ? Les grands désincarnés ? Les juifs invisibles ?

Il y avait de beaux vers chez Spire :

O chaleur, ô tristesse, ô violence, ô folie,
Invincibles génies à qui je suis voué,
Que serais-je sans vous ? Venez donc me défendre
Contre la raison sèche de cette terre heureuse...

Et encore :

Tu voudrais chanter la force, l'audace,
Tu n'aimeras que les rêveurs désarmés contre la vie
Tu tenteras d'écouter les chants joyeux des paysans,
Les marches brutales des soldats, les rondes gracieuses
    des fillettes
Tu n'auras l'oreille habile que pour les pleurs...

Vers l'est on rencontrait de plus fortes personnalités : Henri Heine, Franz Kafka... J'aimais le poème de Heine intitulé *Doña Clara* : en Espagne, la fille du grand inquisiteur tombe amoureuse d'un beau chevalier qui ressemble à saint Georges. « Vous n'avez rien de commun, avec les mécréants juifs », lui dit-elle. Le beau chevalier lui révèle alors son identité :

Ich, Señora, eur Geliebter,
Bin der Sohn des vielbelobten

Grossen, schriftgelehrten Rabbi
Israel von Saragossa[1].

On a fait beaucoup de bruit autour de
Franz Kafka, le frère aîné de Charlie Chaplin.
Quelques cuistres aryens ont chaussé leurs
sabots pour piétiner son œuvre : ils ont
promu Kafka professeur de philosophie. Ils le
confrontent au Prussien Emmanuel Kant, à
Sœren Kierkegaard, le Danois inspiré, au
Méridional Albert Camus, à J.-P. Sartre,
polygraphe, mi-alsacien, mi-périgourdin. Je
me demande comment Kafka, si fragile et si
timide, résiste à cette jacquerie.

Des Essarts, depuis qu'il s'était fait naturaliser juif, avait épousé notre cause sans
réserve. Maurice, lui, s'inquiétait de mon
racisme exacerbé.

— Vous rabâchez de vieilles histoires, me
disait-il. Nous ne sommes plus en 1942, mon

1. « Moi, votre amant, Señora, je suis le fils du docte et
glorieux Don Isaac Ben Israël, grand rabbin de la synagogue
de Saragosse. »

vieux! Sinon je vous aurais vivement conseillé de suivre mon exemple et d'entrer dans la Gestapo, pour vous changer les idées! On oublie très vite ses origines, vous savez! Un peu de souplesse. On peut changer de peau à loisir! De couleur! Vive le caméléon! Tenez, je me fais chinois sur l'heure! apache! norvégien! patagon! Il suffit d'un tour de passe-passe! Abracadabra!

Je ne l'écoute pas. Je viens de faire la connaissance de Tania Arcisewska, une juive polonaise. Cette jeune femme se détruit lentement, sans convulsions, sans cris, comme si la chose allait de soi. Elle utilise une seringue de Pravaz pour se piquer au bras gauche.

— Tania exerce une influence néfaste sur vous, me dit Maurice. Choisissez plutôt une gentille petite Aryenne, qui vous chantera des berceuses du terroir.

Tania me chante la *Prière pour les morts d'Auschwitz*. Elle me réveille en pleine nuit et me montre le numéro matricule indélébile qu'elle porte à l'épaule :

— Regardez ce qu'ils m'ont fait, Raphaël, regardez !

Elle titube jusqu'à la fenêtre. Sur les quais du Rhône, des bataillons noirs défilent et se groupent devant l'hôtel avec une admirable discipline.

— Regardez bien tous ces S.S., Raphaël ! Il y a trois policiers en manteau de cuir, là, à gauche ! La Gestapo, Raphaël ! Ils se dirigent vers la porte de l'hôtel ! Ils nous cherchent ! Ils vont nous reconduire au bercail !

Je m'empresse de la rassurer. J'ai des amis haut placés. Je ne me contente pas des petits farceurs de la Collabo parisienne. Je tutoie Goering ; Hess, Goebbels et Heydrich me trouvent fort sympathique. Avec moi, elle ne risque rien. Les policiers ne toucheront pas à un seul de ses cheveux. S'ils s'obstinent, je leur montrerai mes décorations : je suis le seul juif qui ait reçu des mains d'Hitler la Croix pour le Mérite.

Un matin, profitant de mon absence, Tania se tranche les veines. Pourtant, je cache avec soin mes lames de rasoir. J'éprouve en effet un curieux vertige quand mon regard rencontre ces petits objets métalliques : j'ai envie de les avaler.

Le lendemain, un inspecteur venu spécialement de Paris m'interroge. L'inspecteur La Clayette, si je ne me trompe. La dénommée Tania Arcisewska, me dit-il, était recherchée par la police française. Trafic et usage de stupéfiants. Il faut s'attendre à tout avec ces étrangers. Ces juifs. Ces délinquants Mittel-Europa. Enfin, elle est morte, et c'est tant mieux.

Le zèle de l'inspecteur La Clayette et le vif intérêt qu'il porte à mon amie m'étonnent : un ancien gestapiste, sans doute.

J'ai gardé en souvenir de Tania sa collection de marionnettes : les personnages de la *commedia dell'arte*, Karagheuz, Pinocchio, Guignol, le Juif errant, la Somnambule. Elle les avait disposés autour d'elle avant de se tuer. Je crois qu'ils furent ses seuls compagnons. De toutes ces marionnettes, je préfère la Somnambule, avec ses bras tendus en avant et ses paupières closes. Tania, perdue dans un cauchemar de barbelés et de miradors, lui ressemblait.

Maurice nous faussa compagnie à son tour. Depuis longtemps, il rêvait de l'Orient. Je l'imagine prenant sa retraite à Macao ou à Hong kong. Peut-être renouvelle-t-il son expérience du S.T.O. dans un kibboutz. Cette hypothèse me paraît la plus vraisemblable.

Pendant une semaine, nous sommes très désemparés, Des Essarts et moi. Nous n'avons plus la force de nous intéresser aux choses de l'esprit et nous considérons l'avenir avec crainte : il ne nous reste que soixante francs suisses. Mais le grand-père de Des Essarts et mon oncle vénézuélien Vidal meurent le même jour. Des Essarts hérite d'un titre de duc et pair, je me contente d'une fortune colossale en bolivars. Le testament de mon oncle Vidal m'étonne : il suffit sans doute de sauter à cinq ans sur les genoux d'un vieux monsieur pour qu'il vous institue son légataire universel.

Nous décidons de regagner la France. Je rassure Des Essarts : la police française recherche un duc et pair déserteur, mais pas le dénommé Jean-François Lévy, citoyen de Genève. Après avoir franchi la frontière, nous faisons sauter la banque du casino d'Aix-les-Bains. Je donne ma première conférence de presse à l'hôtel Splendid. On me demande ce que je compte faire de mes bolivars : Entretenir un harem ? Édifier des palais de marbre rose ? Protéger les arts et les lettres ? M'occuper d'œuvres philanthropiques ? Suis-je romantique, cynique ? Deviendrai-je le playboy de l'année ? Remplacerai-je Rubirosa ? Farouk ? Ali Khan ?

Je jouerai à ma façon le rôle du jeune milliardaire. Certes, j'ai lu Larbaud et Scott Fitzgerald, mais je ne pasticherai pas les tourments spirituels d'A. W. Olson Barnabooth ni le romantisme enfantin de Gatsby. Je veux qu'on m'aime pour mon argent.

Je m'aperçois, avec épouvante, que je suis tuberculeux. Il faut que je cache cette maladie intempestive qui me vaudrait un regain de popularité dans toutes les chaumières d'Europe. Les petites Aryennes se découvriraient une vocation de sainte Blandine en face d'un jeune homme riche, désespéré, beau et tuberculeux. Pour décourager les bonnes volontés, je répète aux journalistes que je suis JUIF. Par conséquent, seuls l'argent et la luxure m'intéressent. On me trouve très photogénique : je me livrerai à d'ignobles grimaces, j'utiliserai des masques d'orang-outang et je me propose d'être l'archétype du juif que les Aryens venaient observer, vers 1941, à l'exposition zoologique du palais Berlitz. Je réveille des souvenirs chez Rabatête et Bardamu. Leurs articles injurieux me récompensent de mes peines. Malheureusement, on ne lit plus ces deux auteurs. Les revues mondaines et la presse du cœur s'obstinent à me décerner des louanges : je suis un jeune héritier charmant et original. Juif ? Comme Jésus-Christ et Albert Einstein. Et après ? En désespoir de cause j'achète un yacht, *Le Sanhédrin,* que je transforme en bordel de luxe. Je l'ancre à Monte-Carlo, Cannes, La Baule, Deauville. Trois haut-parleurs fixés sur chaque mât diffusent les textes du docteur Bardamu et de

Rabatête, mes public-relations préférés : oui, je dirige le complot juif mondial à coups de partouzes et de millions. Oui, la guerre de 1939 a été déclarée par ma faute. Oui, je suis une sorte de Barbe-Bleue, un anthropophage qui dévore les petites Aryennes après les avoir violées. Oui, je rêve de ruiner toute la paysannerie française et d'enjuiver le Cantal.

Bientôt je me lasse de ces gesticulations. Je me retire en compagnie du fidèle Des Essarts à l'hôtel Trianon de Versailles pour y lire Saint-Simon. Ma mère s'inquiète de ma mauvaise mine. Je lui promets d'écrire une tragicomédie où elle tiendra le rôle principal. Ensuite, la tuberculose me consumera gentiment. Ou alors je pourrais me suicider. Réflexion faite, je décide de ne pas finir en beauté. Ils me compareraient à l'Aiglon ou à Werther.

Ce soir-là, Des Essarts voulut m'entraîner dans un bal masqué.

— Surtout ne vous costumez pas en Shylock ou en juif Süss, comme à votre habitude.

J'ai loué pour vous un superbe habit de seigneur Henri III, et pour moi un uniforme de spahi.

Je refusai son invitation, prétextant qu'il me fallait achever ma pièce au plus vite. Il me quitta avec un sourire triste. Quand la voiture eut franchi le portail de l'hôtel, j'éprouvai un vague remords. Un peu plus tard, mon ami se tuait sur l'autoroute de l'Ouest. Un accident incompréhensible. Il portait son uniforme de spahi. Il n'était pas défiguré.

J'achevai bientôt ma pièce. Tragi-comédie. Tissu d'invectives contre les goyes. J'étais persuadé qu'elle indisposerait le public parisien ; on ne me pardonnerait pas d'avoir mis en scène mes névroses et mon racisme d'une manière aussi provocante. Je comptais beaucoup sur le morceau de bravoure final : dans une chambre aux murs blancs, le père et le fils s'affrontent : le fils porte un uniforme rapiécé de S.S. et un vieil imperméable de la Gestapo, le père une calotte, des guiches et une barbe de rabbin. Ils parodient un interrogatoire, le

49

fils jouant le rôle du bourreau, le père le rôle de la victime. La mère fait irruption et se dirige vers eux les bras tendus, les yeux hallucinés. Elle hurle la ballade de la Putain juive Marie Sanders. Le fils serre son père à la gorge en entonnant le *Horst-Wessel Lied*, mais il ne parvient pas à couvrir la voix de sa mère. Le père, à moitié étouffé, gémit le *Kol Nidre*, la prière du Grand Pardon. La porte du fond s'ouvre brusquement : quatre infirmiers encerclent les protagonistes et les maîtrisent à grand-peine. Le rideau tombe. Personne n'applaudit. On me dévisage avec des yeux méfiants. On s'attendait à plus de gentillesse de la part d'un juif. Je suis vraiment ingrat. Un vrai mufle. Je leur ai volé leur langue claire et distincte pour la transformer en borborygmes hystériques.

Ils espéraient un nouveau Marcel Proust, un youtre dégrossi au contact de leur culture, une musique douce, mais ils ont été assourdis par des tam-tams menaçants. Maintenant ils savent à quoi s'en tenir sur mon compte. Je peux mourir tranquille.

Les critiques du lendemain me causèrent une très grande déception. Elles étaient condescendantes. Je dus me rendre à l'évidence. Je ne rencontrais aucune hostilité autour de moi, sauf chez quelques dames patronnesses et de vieux messieurs qui ressemblaient au colonel de La Rocque. La presse se penchait de plus belle sur mes états d'âme. Tous ces Français avaient une affection démesurée pour les putains qui écrivent leurs mémoires, les poètes pédérastes, les maquereaux arabes, les nègres camés et les juifs provocateurs. Décidément il n'y avait plus de morale. Le juif était une marchandise prisée, on nous respectait trop. Je pouvais entrer à Saint-Cyr et devenir le maréchal Schlemilovitch : l'affaire Dreyfus ne recommencera pas.

Après cet échec, il ne me restait plus qu'à disparaître comme Maurice Sachs. Quitter Paris définitivement. Je léguai une partie de ma fortune à ma mère. Je me souvins que j'avais un père en Amérique. Je le priai de me rendre visite s'il voulait hériter de trois cent cinquante mille dollars. La réponse ne se fit pas attendre : il me fixa un rendez-vous à Paris, hôtel Continental. Je voulus soigner ma tuberculose. Devenir un jeune homme sage et circonspect. Un vrai petit Aryen. Seulement je n'aimais pas le sanatorium. J'ai préféré voyager. Mon âme de métèque réclamait de beaux dépaysements.

Il me sembla que la province française me les dispenserait mieux que le Mexique ou les îles de la Sonde. Je reniai donc mon passé cosmopolite. J'avais hâte de connaître le terroir, les lampes à pétrole, la chanson des bocages et des forêts.

Et puis j'ai pensé à ma mère qui faisait souvent des tournées en province. Les tournées Carinthy, théâtre de boulevard garanti. Comme elle parlait le français avec un accent balkanique, elle jouait les rôles de princesses russes, de comtesses polonaises et d'amazones hongroises. Princesse Berezovo à Aurillac. Comtesse Tomazoff à Béziers. Baronne Gevatchaldy à Saint-Brieuc. Les tournées Carinthy parcourent toute la France.

II

Mon père portait un complet d'alpaga bleu Nil, une chemise à raies vertes, une cravate rouge et des chaussures d'astrakan. Je venais de faire sa connaissance dans le salon ottoman de l'hôtel Continental. Après avoir signé plusieurs papiers grâce auxquels il allait disposer d'une partie de ma fortune, je lui dis :

— En somme, vos affaires new-yorkaises périclitaient ? A-t-on idée d'être président-directeur général de la Kaleidoscope Ltd. ? Vous auriez dû vous apercevoir que le marché des kaléidoscopes baisse de jour en jour ! Les enfants préfèrent les fusées porteuses, l'électromagnétisme, l'arithmétique ! Le rêve ne se vend plus, mon vieux. Et puis je vais vous parler franchement : vous êtes juif, par conséquent vous n'avez pas le sens du commerce ni des affaires. Il faut laisser ce privilège aux

Français. Si vous saviez lire, je vous montrerais le beau parallèle que j'ai dressé entre Peugeot et Citroën : d'un côté, le provincial de Montbéliard, thésauriseur, discret et prospère ; de l'autre, André Citroën, aventurier juif et tragique, qui flambe dans les salles de jeu. Allons, vous n'avez pas l'étoffe d'un capitaine d'industrie. Vous êtes un funambule, voilà tout ! Inutile de jouer la comédie ! de donner des coups de téléphone fébriles à Madagascar, en Liechtenstein, en Terre de Feu ! Vous n'écoulerez jamais vos stocks de kaléidoscopes.

Mon père voulut retrouver Paris, où il avait passé sa jeunesse. Nous allâmes boire quelques gin-fizz au *Fouquet's*, au *Relais Plaza*, au bar du *Meurice*, du *Saint-James et d'Albany*, de *l'Élysée-Park*, du *George V*, du *Lancaster*. C'était ses provinces à lui. Pendant qu'il fumait un cigare Partagas, je pensais à la Touraine et à la forêt de Brocéliande. Où choisirai-je de m'exiler ? Tours ? Nevers ? Poitiers ? Aurillac ? Pézenas ? La Souterraine ? Je ne connaissais la province française que par l'entremise du guide Michelin et de certains auteurs comme François Mauriac.

Un texte de ce Landais m'avait particulièrement ému : *Bordeaux ou l'adolescence*. Je me rappelai la surprise de Mauriac quand je lui récitai avec ferveur sa si belle prose : « Cette ville où nous naquîmes, où nous fûmes un enfant, un adolescent, c'est la seule qu'il faudrait nous défendre de juger. Elle se confond avec nous, elle est nous-même, nous la portons en nous. L'histoire de Bordeaux est l'histoire de mon corps et de mon âme. » Mon vieil ami avait-il compris que je lui enviais son adolescence, l'institut Sainte-Marie, la place des Quinconces, le parfum de la bruyère chaude, du sable tiède et de la résine ? de quelle adolescence pouvais-je parler, moi, Raphaël Schlemilovitch, sinon de l'adolescence d'un misérable petit juif apatride ? Je ne serai ni Gérard de Nerval, ni François Mauriac, ni même Marcel Proust. Pas de Valois pour réchauffer mon âme, ni de Guyenne, ni de Combray. Aucune tante Léonie. Condamné au *Fouquet's*, au *Relais Plaza*, à l'*Élysée-Park* où je bois d'horribles liqueurs anglo-saxonnes en compagnie d'un gros monsieur judéo-new-yorkais : mon père. L'alcool le pousse aux confidences comme Maurice

Sachs, le jour de notre première rencontre. Leurs destins sont les mêmes, à cette différence près : Sachs lisait Saint-Simon, mon père Maurice Dekobra. Né à Caracas, d'une famille juive sefarad, il quitta précipitamment l'Amérique pour échapper aux policiers du dictateur des îles Galapagos dont il avait séduit la fille. En France, il devint le secrétaire de Stavisky. A cette époque, il portait beau : quelque chose entre Valentino et Novaro, avec un zeste de Douglas Fairbanks, de quoi troubler les petites Aryennes. Dix ans plus tard, sa photo figurait à l'exposition antijuive du palais Berlitz, agrémentée de cette légende : « Juif sournois. Il pourrait passer pour un Sud-Américain. »

Mon père ne manquait pas d'humour : il était allé, un après-midi, au palais Berlitz et avait proposé à quelques visiteurs de leur servir de guide. Quand ils s'arrêtèrent devant sa photo, il leur cria : « Coucou, me voilà. » On ne parlera jamais assez du côté m'as-tu-vu des juifs. D'ailleurs, il éprouvait pour les Allemands une certaine sympathie puisqu'ils avaient choisi ses endroits de prédilection : le *Continental,* le *Majestic,* le *Meurice.* Il ne perdait pas une occasion de les côtoyer chez *Maxim's, Philippe, Gaffner, Lola Tosch* et dans toutes les boîtes de nuit grâce à de faux papiers au nom de Jean Cassis de Coudray-Macouard.

Il habitait une petite chambre de bonne, rue des Saussaies, en face de la Gestapo. Il lisait jusqu'à une heure avancée de la nuit *Bagatelles pour un massacre*, qu'il trouva très drôle. A ma grande stupéfaction, il me récita des pages entières de cet ouvrage. Il l'avait acheté à cause du titre, croyant que c'était un roman policier.

En juillet 1944, il réussit à vendre la forêt de Fontainebleau aux Allemands, par l'intermédiaire d'un baron balte. Avec l'argent que lui avait rapporté cette délicate opération, il émigra aux États-Unis et fonda une société anonyme : la Kaleidoscope Ltd.

— Et vous ? me dit-il, en me soufflant au nez une bouffée de Partagas, racontez-moi votre vie.

— Vous n'avez pas lu les journaux ? lui dis-je d'une voix lasse. Je croyais que le *Confidential* de New York m'avait consacré un numéro spécial. Bref, j'ai décidé de renoncer à une vie cosmopolite, artificielle, faisandée. Je vais me retirer en province. La province française, le terroir. Je viens de choisir Bordeaux, Guyenne, pour soigner mes névroses. C'est aussi un hommage que je rends à mon vieil ami François Mauriac. Ce nom ne vous dit rien, bien entendu ?

Nous prîmes un dernier verre au bar du *Ritz*.

— Puis-je vous accompagner dans cette ville dont vous me parliez tout à l'heure ? me demanda-t-il brusquement. Vous êtes mon fils, nous devons au moins faire un voyage ensemble ! Et puis, grâce à vous, me voilà devenu la quatrième fortune d'Amérique !

— Oui, accompagnez-moi si vous voulez. Ensuite, vous retournerez à New York.

Il m'embrassa sur le front et je sentis les larmes me monter aux yeux. Ce gros monsieur, avec ses vêtements bigarrés, était bien émouvant.

Nous avons traversé la place Vendôme, bras dessus bras dessous. Mon père chantait des fragments de *Bagatelles pour un massacre*, d'une très belle voix de basse. Je pensais aux mauvaises lectures que j'avais faites dans mon enfance. Notamment cette série des *Comment tuer votre père*, d'André Breton et de Jean-Paul Sartre (collection « Lisez-moi bleu »). Breton conseillait aux jeunes gens de se poster, revolver au poing, à la fenêtre de leur domicile, avenue Foch, et d'abattre le premier piéton qui se présenterait. Cet homme était nécessairement leur père, un préfet de police ou un industriel des textiles. Sartre délaissait un instant les beaux quartiers au profit de la banlieue rouge : on abordait les ouvriers les plus musclés en s'excusant d'être un fils de famille, on les entraînait avenue Foch, ils cassaient les porcelaines de Sèvres, tuaient le père, après quoi le jeune homme leur demandait poliment d'être violé. Cette seconde méthode témoignait d'une plus grande perversité, le viol succédant au meurtre, mais elle était plus grandiose : on faisait appel aux prolétaires de tous les pays pour régler un différend familial. Il était recommandé aux jeunes gens d'injurier leur père avant de le tuer. Certains qui se distinguèrent dans la littérature, usèrent d'expressions charmantes. Par exemple : « Familles, je vous hais » (le fils d'un pasteur français). « Je ferai la pro-

chaine guerre sous l'uniforme allemand. »
« Je conchie l'armée française » (le fils d'un
préfet de police français). « Vous êtes un
SALAUD » (le fils d'un officier de marine
français). Je serrai plus fort le bras de mon
père. Nous n'avions aucune distinction.
N'est-ce pas, mon gros coco ? Comment pour-
rais-je vous tuer ? Je vous aime.

Nous avons pris le train Paris-Bordeaux.
Derrière la vitre du compartiment, la France
était bien belle. Orléans, Beaugency, Vendôme, Tours, Poitiers, Angoulême. Mon père
ne portait plus un complet vert pâle, une
cravate de daim rose, une chemise écossaise,
une chevalière en platine et ses chaussures à
guêtres d'astrakan. Je ne m'appelais plus
Raphaël Schlemilovitch. J'étais le fils aîné
d'un notaire de Libourne et nous revenions
dans notre foyer provincial. Pendant qu'un
certain Raphaël Schlemilovitch dissipait sa
jeunesse et ses forces au Cap-Ferrat, à Monte-
Carlo et à Paris, ma nuque têtue se penchait
sur des versions latines. Je me répétais sans

cesse : « La rue d'Ulm ! la rue d'Ulm ! » et le feu me montait aux joues. En juin je réussirai le concours de l'École. Je « monterai » définitivement à Paris. Rue d'Ulm, je partagerai ma turne avec un jeune provincial comme moi. Une amitié naîtra en nous, indestructible. Nous serons Jallez et Jerphanion. Un soir, nous gravirons les escaliers de la butte Montmartre. Nous regarderons Paris à nos pieds. Nous dirons d'une petite voix résolue : « Et maintenant, Paris, à nous deux ! » Nous écrirons de belles lettres à nos familles : « Maman, je t'embrasse. Ton grand homme. » La nuit, dans le silence de notre turne, nous parlerons de nos maîtresses à venir : baronnes juives, filles de capitaines d'industrie, actrices de théâtre, courtisanes. Elles admireront notre génie et notre compétence. Un après-midi, nous frapperons le cœur battant à la porte de Gaston Gallimard : « Nous sommes normaliens, monsieur, et nous vous présentons nos premiers essais. » Ensuite le Collège de France, la politique, les honneurs. Nous appartiendrons à l'élite de notre pays. Notre cerveau fonctionnera à Paris mais notre cœur demeurera en province.

Au milieu du tourbillon de la capitale, nous penserons tendrement à notre Cantal et à notre Gironde. Tous les ans, nous viendrons nous décrasser les poumons chez nos parents, du côté de Saint-Flour et de Libourne. Nous repartirons les bras chargés de fromages et de saint-émilion. Nos mamans nous auront tricoté des paletots : l'hiver il fait froid à Paris. Nos sœurs se marieront avec des pharmaciens d'Aurillac, des assureurs de Bordeaux. Nous servirons d'exemple à nos neveux.

Gare Saint-Jean, la nuit nous attend. Nous n'avons rien vu de Bordeaux. Dans le taxi qui nous mène à l'hôtel Splendid, je chuchote à mon père :

— Le chauffeur appartient certainement à la Gestapo française, mon gros coco.

— Vous croyez ? me dit mon père, qui se prend au jeu. Alors c'est très embêtant. J'ai oublié mes faux papiers au nom de Coudray-Macouard.

— J'ai l'impression qu'il nous conduit rue Lauriston, chez ses amis Bonny et Laffont.

— Je crois que vous vous trompez : ce serait plutôt avenue Foch, au siège de la Gestapo.

— Peut-être rue des Saussaies pour une vérification d'identité.

— Au premier feu rouge, nous nous échapperons.

— Impossible, les portières sont fermées à clé.

— Alors ?

— Attendre. Ne pas perdre le moral.

— Nous pourrons toujours nous faire passer pour des juifs collabos. Vendez-leur la forêt de Fontainebleau à bon marché. Je leur avouerai que je travaillais à *Je suis partout* avant la guerre. Un coup de téléphone à Brasillach, à Laubreaux ou à Rebatet, et nous sortons du guêpier...

— Croyez-vous qu'ils nous laisseront téléphoner ?

— Tant pis. Nous signerons un engagement dans la L.V.F. ou la Milice, pour leur montrer notre bonne volonté. L'uniforme vert et le béret alpin nous permettront de gagner sans encombre la frontière espagnole. Et ensuite...

— A nous la liberté...

— Chut ! il nous écoute...

— Vous ne trouvez pas qu'il ressemble à Darnand ?...

— Dans ce cas ce serait ennuyeux. Nous aurons fort à faire avec la Milice.

— Eh bien, mon vieux, je crois que je suis tombé juste... Nous prenons l'autoroute de l'Ouest... le siège de la Milice se trouve à Versailles... notre compte est bon !

Au bar de l'hôtel, nous buvions un irish-coffee et mon père fumait son cigare Upman. En quoi le *Splendid* différait-il du *Claridge*, du *George V*, de tous les caravansérails de Paris et d'Europe ? Les palaces internationaux et les wagons Pullman me protégeraient-ils long-temps encore de la France ? A la fin, ces aquariums me donnaient la nausée. Les réso-lutions que j'avais prises me laissaient néan-moins quelques espérances. Je m'inscrirais en classe de Lettres supérieures au lycée de Bordeaux. Quand j'aurai réussi le concours, je me garderai bien de singer Rastignac, du haut de la butte Montmartre. Je n'avais rien de commun avec ce vaillant petit Français. « Et maintenant, Paris, à nous deux ! » Il n'y a que les trésoriers-payeurs généraux de Saint-Flour ou de Libourne pour cultiver ce romantisme. Non, Paris me ressemblait trop. Une fleur artificielle au milieu de la France. Je comptais sur Bordeaux pour me révéler les valeurs authentiques, m'acclimater au terroir. Quand j'aurai réussi le concours, je demanderai un poste d'instituteur en province. Je partagerai mes journées entre une salle de classe poussiéreuse et le Café du Commerce. Je jouerai à la belote avec des colonels. Les dimanches après-midi, j'écouterai de vieilles mazurkas au kiosque de la place. Je serai amoureux de la femme du maire, nous nous retrouverons le jeudi dans un hôtel de passe de la ville la plus proche. Cela dépendra de mon chef-lieu de canton. Je servirai la France en éduquant ses enfants. J'appartiendrai au bataillon noir des hussards de la vérité, comme dit Péguy, mon futur condisciple. J'oublierai peu à peu mes origines honteuses, le nom disgracieux de Schlemilovitch, Torquemada, Himmler et tant d'autres choses.

Rue Sainte-Catherine, les gens se retournaient sur notre passage. Sans doute à cause du complet mauve de mon père, de sa chemise vert Kentucky et de ses éternelles chaussures à guêtres d'astrakan. Je souhaitais qu'un agent de police nous interpellât. Je me serais expliqué une fois pour toutes avec les Français : j'aurais répété inlassablement que depuis vingt ans nous étions pervertis par l'un des leurs, un Alsacien. Il affirmait que le juif n'existerait pas si les goyes ne daignaient lui prêter attention. Il faut donc attirer *leurs* regards au moyen d'étoffes bariolées. C'est pour nous, juifs, une question de vie ou de mort.

Le proviseur du lycée nous reçut dans son bureau. Il parut douter que le fils d'un pareil métèque eût le désir de s'inscrire en Lettres supérieures. Son fils à lui — M. le proviseur était fier de son fils — avait travaillé d'arrache-pied sur le Maquet-et-Roger[1] pendant

---

1. Grammaire latine.

toutes les vacances. J'eus envie de répondre au proviseur que, malheureusement, j'étais juif. Par conséquent : toujours premier en classe.

Le proviseur me tendit une anthologie des orateurs grecs, me demanda d'ouvrir le livre au hasard et je dus lui commenter un passage d'Eschine. Je m'exécutai avec brio. Je poussai la délicatesse jusqu'à traduire ce texte en latin.

Le proviseur s'étonna. Ignorait-il la vivacité, l'intelligence juives ? Oubliait-il que nous avions donné de très grands écrivains à la France : Montaigne, Racine, Saint-Simon, Sartre, Henry Bordeaux, René Bazin, Proust, Louis-Ferdinand Céline... Il m'inscrivit aussitôt en khâgne.

— Je vous félicite, Schlemilovitch, me dit-il d'une voix émue.

Quand nous fûmes sortis du lycée, je reprochai à mon père son humilité, son onctuosité de rahat-loukoum face au proviseur.

— A-t-on idée de jouer à la bayadère dans le bureau d'un fonctionnaire français ? J'excuserais vos yeux de velours et votre obséquiosité si vous étiez en présence d'un bourreau S.S. qu'il faudrait charmer ! Mais vous livrer à vos danses du ventre devant ce brave homme ! Il n'allait pas vous manger, que diable ! Tenez, moi, je vais vous faire souffrir !

Je me mis brusquement à courir. Il me suivit jusqu'au Tourny, il ne me demanda même pas de m'arrêter. Quand il fut à bout de souffle, il crut sans doute que j'allais profiter de son épuisement et lui fausser compagnie pour toujours. Il me dit :

— Un bon petit footing, c'est tonique... Nous aurons meilleur appétit...

Ainsi, il ne se défendait pas. Il rusait avec le malheur, il tentait de l'apprivoiser. L'habitude des pogroms, sans doute. Mon père s'épongeait le front avec sa cravate de daim rose. Comment pouvait-il croire que j'allais l'abandonner, le laisser seul, désarmé, dans cette ville de haute tradition, dans cette nuit distinguée qui sentait le vieux vin et le tabac anglais ? Je l'ai pris par le bras. C'était un chien malheureux.

Minuit. J'entrouvre la fenêtre de notre chambre. L'air de cet été, *Stranger on the shore*, monte jusqu'à nous. Mon père me dit :

— Il doit y avoir une boîte de nuit dans les environs.

— Je ne suis pas venu à Bordeaux pour jouer les jolis cœurs. De toute façon, attendez-vous à du menu fretin : deux ou trois rejetons dégénérés de la bourgeoisie bordelaise, quelques touristes anglais...

Il enfile un smoking bleu ciel. Je noue devant la glace une cravate de chez Sulka. Nous plongeons dans une eau douceâtre, un orchestre sud-américain joue des rumbas. Nous nous asseyons à une table, mon père commande une bouteille de pommery, il allume un cigare Upman. J'invite une Anglaise brune aux yeux verts. Son visage me rappelle quelque chose. Elle sent bon le cognac. Je la serre contre moi. Aussitôt des noms poisseux sortent de sa bouche : Eden Rock, Rampoldi, Balmoral, Hôtel de Paris : nous nous sommes rencontrés à Monte-Carlo. J'observe mon père par-dessus les épaules de l'Anglaise. Il sourit, il me fait des signes de complicité. Il est touchant, il voudrait certainement que j'épouse une héritière slavo-argentine mais, depuis mon arrivée à Bordeaux, je suis amoureux de la Sainte Vierge, de Jeanne d'Arc et d'Aliénor d'Aquitaine. Je tente de le lui expliquer jusqu'à trois heures du matin mais il fume cigare sur cigare et ne m'écoute pas. Nous avons trop bu.

Nous nous sommes endormis à l'aube. Bordeaux était sillonné de voitures à haut-parleurs : « Campagne de dératisation, campagne de dératisation. Distribution gratuite de produits raticides, distribution gratuite de produits raticides. Veuillez vous présenter à la voiture, s'il vous plaît. Habitants de Bordeaux, campagne de dératisation... campagne de dératisation... »

Nous marchons, mon père et moi, dans les rues de la ville. Les voitures débouchent de tous les côtés et se précipitent sur nous avec un bruit de sirènes. Nous nous cachons sous des portes cochères. Nous étions d'énormes rats d'Amérique.

Il a bien fallu que nous nous quittions. La veille de la rentrée des classes, j'ai jeté pêle-mêle ma garde-robe au milieu de la chambre : cravates de Sulka et de la via Condotti, pull-overs de cashmere, écharpes de Doucet, costumes de Creed, Canette, Bruce O'lofson, O'Rosen, pyjamas de Lanvin, mouchoirs d'Henri à la Pensée, ceintures de Gucci, chaussures de Dowie and Marshall...

— Tenez ! dis-je à mon père, vous emporterez tout cela à New York en souvenir de votre fils. Désormais, le béret et la blouse gris mâchefer de la khâgne me protégeront contre moi-même. Je renonce aux Craven et aux Khédive. Je fumerai du tabac gris. Je me suis fait naturaliser français. Me voici définitivement assimilé. Vais-je entrer dans la catégorie des juifs militaristes, comme Dreyfus et Stroheim ? Nous verrons. Dans l'immédiat, je prépare l'École normale supérieure comme Blum, Fleg et Henri Franck. Il aurait été maladroit de viser tout de suite Saint-Cyr.

Nous avons pris un dernier gin-fizz au bar du *Splendid*. Mon père portait sa tenue de voyage : une casquette de velours grenat, un manteau d'astrakan et des mocassins en crocodile bleu. Aux lèvres, son Partagas. Des lunettes noires cachaient ses yeux. Il pleurait, je m'en étais aperçu à l'intonation de sa voix. Sous le coup de l'émotion, il oubliait la langue de ce pays et bredouillait quelques mots d'anglais.

— Vous viendrez me rendre visite à New York ? me demanda-t-il.

— Je ne crois pas, mon vieux. Je vais mourir d'ici peu. Juste le temps de réussir le concours de l'École normale supérieure, première phase de l'assimilation. Je vous promets que votre petit-fils sera maréchal de France. Oui, je vais essayer de me reproduire.

Sur le quai de la gare, je lui ai dit :

— N'oubliez pas de m'envoyer une carte postale de New York ou d'Acapulco.

Il m'a serré dans ses bras. Quand le train est parti, mes projets de Guyenne me semblaient dérisoires. Pourquoi n'avais-je pas suivi ce complice inespéré ? A nous deux, nous aurions éclipsé les Marx Brothers. Nous improvisons des facéties grotesques et larmoyantes devant le public. Schlemilovitch père est un gros monsieur qui s'habille de costumes multicolores. Les enfants apprécient beaucoup ces deux clowns. Surtout quand Schlemilovitch fils fait un croche-pied à Schlemilovitch père et que ce dernier tombe la tête la première dans une cuve de goudron. Ou encore lorsque Schlemilovitch fils tire le bas de l'échelle et provoque ainsi la chute de Schlemilovitch père. Ou lorsque Schlemilovitch fils met sournoisement le feu aux vêtements de Schlemilovitch père, etc.

Ils passent actuellement à Médrano, après une tournée en Allemagne. Schlemilovitch père et Schlemilovitch fils sont des vedettes très parisiennes, mais ils préfèrent au public distingué celui des cinémas de quartier et des cirques de province.

Je regrettai amèrement le départ de mon père. Pour moi commençait l'âge adulte. Sur le ring, il ne restait qu'un seul boxeur. Il s'envoyait des directs à lui-même. Bientôt il s'écroulerait. En attendant, aurais-je la chance de capter — ne fût-ce qu'une minute — l'attention du public?

Il pleuvait comme tous les dimanches de la rentrée des classes, les cafés brillaient plus fort qu'à l'ordinaire. Sur le chemin du lycée je me jugeais bien présomptueux : un jeune homme juif et frivole ne peut brusquement prétendre à cette ténacité que confère aux boursiers de l'État leur ascendance terrienne. Je me rappelai ce qu'écrit mon vieil ami Seingalt au chapitre XI du tome III de ses *Mémoires* : « Une nouvelle carrière va s'ouvrir pour moi. La fortune me favorisait encore. J'avais tous les moyens nécessaires pour seconder l'aveugle déesse, mais il me manquait une qualité essentielle, la constance. » Pourrai-je vraiment devenir normalien ?

Fleg, Blum et Henri Franck devaient avoir une goutte de sang breton.

Je montai au dortoir. Je n'avais jamais fréquenté d'institution laïque depuis le cours Hattemer (les collèges suisses dans lesquels m'inscrivait ma mère étaient tenus par des jésuites). Je m'étonnai donc qu'il n'y eût pas de Salut. Je fis part de cette inquiétude aux internes qui se trouvaient là. Ils éclatèrent de rire, se moquèrent de la Sainte Vierge et me conseillèrent ensuite de cirer leurs chaussures, sous prétexte qu'ils étaient arrivés ici avant moi.

Mes objections se répartirent en deux points :

1° Je ne voyais pas pourquoi ils avaient manqué de respect à la Sainte Vierge.

2° Je ne doutais pas qu'ils fussent arrivés ici « avant moi », l'immigration juive dans le Bordelais n'ayant commencé qu'au xvᵉ siècle. J'étais juif. Ils étaient gaulois. Ils me persécutaient.

Deux garçons s'avancèrent pour parlementer. Un démocrate-chrétien et un juif bordelais. Le premier me chuchota qu'on ne devait pas trop parler de la Sainte Vierge ici parce qu'il désirait un rapprochement avec les étudiants d'extrême gauche. Le second m'accusa d'être « un agent provocateur ». Le juif, d'ailleurs, ça n'existait pas, c'était une invention des Aryens, etc., etc.

J'expliquai au premier que la Sainte Vierge valait bien qu'on se fâchât pour elle avec tout le monde. Je lui signalai la complète désapprobation de saint Jean de la Croix et de Pascal quant à l'onctuosité de son catholicisme. J'ajoutai que, de toute façon, ce n'était pas à moi, juif, de lui donner des cours de catéchisme.

Les déclarations du second me remplirent d'une infinie tristesse : les goyes avaient réussi un beau lavage de cerveau.

Tous se le tinrent pour dit et me mirent en quarantaine.

Adrien Debigorre, notre professeur de Lettres, portait une barbe imposante, une redingote noire, et son pied-bot lui valait les sarcasmes des lycéens. Ce curieux personnage avait été l'ami de Maurras, de Paul Chack et de Mgr Mayol de Lupé ; les auditeurs français se souviennent certainement des « Causeries au coin du feu » que Debigorre prononçait à Radio-Vichy.

En 1942, il fait partie de l'entourage d'Abel Bonheur, ministre de l'Éducation nationale. Il s'indigne lorsque Bonheur, costumé en Anne de Bretagne, lui déclare d'une petite voix équivoque : « S'il y avait une princesse en France, il faudrait la pousser dans les bras d'Hitler », ou lorsque le ministre lui vante le

« charme viril » des S.S. Il finit par se brouiller avec Bonheur et le surnomme « la Gestapette », ce qui fait beaucoup rire Pétain. Retiré dans les îles Minquiers, Debigorre tente de grouper autour de lui des commandos de pêcheurs pour résister aux Anglais. Son anglophobie égalait celle d'Henri Béraud. Enfant, il avait solennellement promis à son père, un lieutenant de vaisseau malouin, de ne jamais oublier le « COUP » de Trafalgar. On lui prête cette phrase lapidaire au moment de Mers el-Kébir : « Ils le paieront ! » Il avait entretenu, pendant l'Occupation, une correspondance volumineuse avec Paul Chack, dont il nous lisait des passages. Mes condisciples ne perdaient pas une occasion de l'humilier. Au début de son cours, ils se levaient et entonnaient : « Maréchal, nous voilà ! » Le tableau noir était couvert de francisques et de photographies de Pétain. Debigorre parlait sans que personne lui prêtât attention. Souvent, il prenait sa tête à deux mains et sanglotait. Un khâgneux nommé Gerbier, fils de colonel, s'écriait alors : « Adrien pleure ! » Tous riaient à gorge déployée. Sauf moi, bien entendu. Je décidai d'être le garde du corps de ce pauvre homme. En dépit de ma récente tuberculose, je pesais quatre-vingt-dix kilos, mesurais un mètre quatre-vingt-dix-huit, et le hasard m'avait fait naître dans un pays de culs-bas.

Je commençai par fendre l'arcade sourcilière de Gerbier. Un certain Val-Suzon, fils de notaire, me qualifia de « nazi ». Je lui brisai trois vertèbres en souvenir du S.S. Schlemilovitch, mort sur le front russe ou pendant l'offensive von Rundstedt. Restait à mater quelques autres petits Gaulois : Chatel-Gérard, Saint-Thibault, La Rochepot. Je m'y employai. Désormais, ce fut moi et non plus Debigorre qui lus Maurras, Chack, Béraud au début des cours. On se méfiait de mes réactions violentes, on entendait les mouches voler, la terreur juive régnait et notre vieux maître avait retrouvé le sourire.

Après tout, pourquoi mes condisciples prenaient-ils des airs dégoûtés ?

Maurras, Chack et Béraud ne ressemblaient-ils pas à leurs grands-pères ?

J'avais l'extrême gentillesse de leur faire découvrir les plus sains, les plus purs de leurs compatriotes et ces ingrats me traitaient de « nazi »...

— Faisons-leur étudier les romanciers du terroir, proposai-je à Debigorre. Tous ces petits dégénérés ont besoin de se pencher sur les vertus de leurs pères. Cela les changera de Trotsky, Kafka et autres tziganes. D'ailleurs ils n'y comprennent rien. Il faut avoir deux mille ans de pogroms derrière soi, mon cher Debigorre, pour aborder ces auteurs. Si je m'appelais Val-Suzon, je ne montrerais pas une telle outrecuidance ! Je me contenterais d'explorer la province, de m'abreuver aux fontaines françaises ! Tenez : pendant le premier trimestre, nous leur parlerons de votre ami Béraud. Ce Lyonnais me semble tout à fait approprié. Quelques explications de textes concernant *Les Lurons de Sabolas*... Nous enchaînerons avec Eugène Le Roy : *Jacquou le Croquant* et *Mademoiselle de La Ralphie* leur révéleront les beautés du Périgord. Petit détour en Quercy grâce à Léon Cladel. Un séjour en Bretagne sous la protection de Charles Le Goffic. Roupnel nous entraînera du côté de la Bourgogne. Le Bourbonnais n'aura plus de secrets pour nous après *La Vie d'un simple*, de Guillaumin. Alphonse Daudet et Paul Arène nous feront humer les parfums de Provence. Nous évoquerons Maurras et Mistral ! Au second trimestre nous jouirons de l'automne tourangeau en compagnie de René Boylesve. Avez-vous lu *L'Enfant à la balustrade* ? Remarquable ! Le troisième trimestre sera consacré aux romans psychologiques du Dijonnais Édouard Estaunié. Bref, la France sentimentale ! Êtes-vous satisfait de mon programme ?

Debigorre souriait, me serrait convulsivement les mains. Il me disait :

— Schlemilovitch, vous êtes un vrai camelot du Roi ! Ah ! si tous les petits Français de souche vous ressemblaient !

Debigorre m'invite souvent chez lui. Il habite une chambre encombrée de livres et de paperasses. Aux murs les photographies jaunies de quelques énergumènes : Bichelonne, Hérold-Paquis, les amiraux Esteva, Darlan et Platon. Sa vieille gouvernante nous sert le thé. Vers onze heures du soir, nous prenons un apéritif sur la terrasse du Café de Bordeaux. La première fois, je l'ai beaucoup étonné en lui parlant des habitudes de Maurras et de la barbe de Pujo. « Mais vous n'étiez pas né, Raphaël ! » Debigorre pense qu'il s'agit d'un phénomène de métempsycose et qu'au cours d'une vie antérieure j'ai été un maurrassien farouche, un Français cent pour cent, un Gaulois inconditionnel doublé d'un juif collabo : « Ah ! Raphaël, j'aurais voulu que vous fussiez à Bordeaux en juin 1940 ! Imaginez ! un ballet effréné ! Des messieurs avec barbes et redingotes noires ! des universitaires ! des ministres de la RÉ-PU-BLI-QUE ! Ils papotent ! Ils font de grands gestes ! On entend chanter Réda Caire, Maurice Chevalier, mais patatras ! des types blonds, le torse nu, font irruption au Café du Commerce ! Se livrent à un jeu de massacre ! Les messieurs barbus sont projetés au plafond ! S'écrasent contre les murs, les rangées d'apéritifs ! Barbotent dans le Pernod, le crâne ouvert par des tessons de bouteilles ! La patronne de l'établissement, qui s'appelle Marianne, court de-ci de-là. Pousse de petits cris ! C'est une vieille putain ! LA GUEUSE ! Elle perd ses jupes ! Elle est abattue par une rafale de mitraillette ! Caire et Chevalier se sont tus ! Quel spectacle, Raphaël, pour des esprits avisés comme nous ! quelle vengeance !... »

Je finis par me lasser de mon rôle de garde-chiourme. Puisque mes condisciples ne veulent pas admettre que Maurras, Chack et Béraud sont des leurs, puisqu'ils dédaignent Charles Le Goffic et Paul Arène, nous leur parlerons, Debigorre et moi, de certains aspects plus universels du « génie français » : truculence et gauloiserie, beauté du classicisme, pertinence des moralistes, ironie voltairienne, finesse du roman d'analyse, tradition héroïque, de Corneille à Georges Bernanos. Debigorre renâcle au sujet de Voltaire. Ce bourgeois « frondeur » et antisémite me dégoûte également, mais, si nous ne le mentionnons pas dans notre *Panorama du génie français,* on nous accusera de partialité. « Soyons raisonnables, dis-je à Debigorre. Vous savez très bien que je préfère Joseph de Maistre. Faisons un effort quand même pour parler de Voltaire. »

Saint-Thibault joue de nouveau la forte tête, au cours d'une de nos conférences. Une remarque malencontreuse de Debigorre : « La grâce toute française de l'exquise Mme de La Fayette » fait bondir d'indignation mon camarade.

— Quand cesserez-vous de répéter : le « génie français », cela est « essentiellement français », « les traditions françaises », « nos écrivains français » ? rugit ce jeune Gaulois. Mon maître Trotsky disait que la Révolution n'a pas de patrie...

— Mon petit Saint-Thibault, répliquai-je, vous me tapez sur les nerfs. Vous avez de trop grosses joues, le sang trop épais pour que le nom de Trotsky dans votre bouche ne soit un blasphème ! Mon petit Saint-Thibault, votre arrière-grand-oncle Charles Maurras écrivait qu'on ne peut pas comprendre Mme de La Fayette ni Chamfort si on n'a pas labouré pendant mille ans la terre de France ! A mon tour de vous dire ceci, mon petit Saint-Thibault : il faut mille ans de pogroms, d'autodafés et de ghettos pour comprendre le moindre paragraphe de Marx ou de Bronstein... BRONSTEIN, mon petit Saint-Thibault et pas Trotsky comme vous le dites si élégamment ! Bouclez-la définitivement, mon petit Saint-Thibault, ou je...

L'association des parents d'élèves s'indigna, le proviseur me convoqua dans son bureau :

— Schlemilovitch, me dit-il, MM. Gerbier, Val-Suzon et La Rochepot ont déposé une plainte contre vous pour coups et blessures infligés à leurs fils. C'est très bien de défendre votre vieux professeur mais de là à se conduire comme un goujat !... Savez-vous que Val-Suzon est hospitalisé ? Que Gerbier et La Rochepot souffrent de troubles audiovisuels ? Des khâgneux d'élite ! La prison, Schlemilovitch, la prison ! Et d'abord vous quitterez le lycée ce soir même !

— Si ces messieurs veulent me traîner devant les tribunaux, lui dis-je, je m'expliquerai une fois pour toutes. On me fera beaucoup de publicité. Paris n'est pas Bordeaux, vous savez. A Paris, on donne toujours raison au pauvre petit juif et jamais aux brutes aryennes ! Je jouerai à la perfection mon rôle de persécuté. La Gauche organisera des meetings et des manifestations et, croyez-moi, il sera de très bon ton de signer un manifeste en faveur de Raphaël Schlemilovitch. Bref, ce scandale nuira considérablement à votre avancement. Réfléchissez-y bien, monsieur le proviseur, vous vous attaquez à forte partie. J'ai l'habitude de ce genre d'affaire. Rappelez-vous le capitaine Dreyfus et, plus récemment encore, le remue-ménage causé par Jacob X, un jeune déserteur juif... On raffole de nous à Paris. On nous donne toujours raison. On nous excuse. On passe l'éponge. Que voulez-vous, les structures morales ont foutu le camp depuis la dernière guerre, que dis-je, depuis le Moyen Age ! Rappelez-vous cette belle coutume française : tous les ans à Pâques, le comte de Toulouse giflant en grande pompe le chef de la communauté juive, et ce dernier le suppliant : « Encore une, monsieur le comte ! Encore une ! Avec le pommeau de votre épée ! Pourfendez-moi donc ! Arrachez-moi les viscères ! Piétinez mon cadavre ! » Heureuse époque ! Comment mon ancêtre le juif de Toulouse aurait-il pu imaginer que je briserais les vertèbres d'un Val-Suzon ? crèverais l'œil d'un Gerbier, d'un La Rochepot ? Chacun son tour, monsieur le proviseur ! La vengeance est un plat que l'on mange froid ! Et ne croyez surtout pas à mon repentir ! Vous transmettrez de ma part aux parents de ces jeunes gens mon regret de ne les avoir pas massacrés ! Pensez donc ! le cérémonial des assises ! Un jeune juif blême et passionné déclarant qu'il voulait venger l'injure faite régulièrement par le comte de Toulouse à ses ancêtres ! Sartre rajeunirait de plusieurs siècles pour me défendre ! On me porterait en triomphe de l'Étoile à la Bastille ! Je serais sacré prince de la jeunesse française !

— Vous êtes répugnant, Schlemilovitch, RÉPUGNANT ! Je ne veux pas vous entendre une minute de plus.

— C'est cela, monsieur le proviseur ! Répugnant !

— Je vais avertir immédiatement la police !

— Pas la police, monsieur le proviseur, mais la GESTAPO, s'il vous plaît.

Je quittai le lycée définitivement. Debigorre fut consterné de perdre son meilleur élève. Nous nous vîmes deux ou trois fois au Café de Bordeaux. Un dimanche soir, il ne vint pas au rendez-vous. Sa gouvernante m'apprit qu'on l'avait emmené dans une maison de santé d'Arcachon. On m'interdit formellement de lui rendre visite. Seuls les membres de sa famille pouvaient le voir une fois par mois.

Je sus que mon vieux maître m'appelait chaque nuit à son secours, sous prétexte que Léon Blum le poursuivait d'une haine implacable. Il m'envoya, par l'entremise de sa gouvernante, un message griffonné à la hâte : « Raphaël, sauvez-moi. Blum et les autres ont décidé ma mort. Je le sais. La nuit, ils se glissent dans ma chambre, comme des reptiles. Ils me narguent. Ils me menacent avec des couteaux de boucher. Blum, Mandel,

Zay, Salengro, Dreyfus et les autres. Ils veulent me dépecer. Je vous en supplie, Raphaël, sauvez-moi. »

Je n'ai plus reçu de nouvelles de lui.

Il faut croire que les vieux messieurs jouent un rôle capital dans ma vie.

Quinze jours après mon départ du lycée, je dépensais mes derniers billets de banque au restaurant Dubern quand un homme prit place à une table voisine de la mienne. Son monocle et son long fume-cigarette de jade attirèrent mon attention. Il était complètement chauve, ce qui ajoutait à sa physionomie une note inquiétante. Au cours du repas, il ne cessa de me regarder. Il appela le maître d'hôtel en faisant un geste insolite : on aurait dit que son index traçait une arabesque dans l'air. Je le vis écrire quelques mots sur une carte de visite. Il me désigna du doigt et le maître d'hôtel vint m'apporter le petit carré blanc, où je lus :

animateur, désire faire votre connaissance.

Il s'assit vis-à-vis de moi.

— Je vous demande pardon pour mes façons cavalières mais j'entre toujours par effraction dans la vie des gens. Un visage, une expression suffisent pour conquérir ma sympathie. Votre ressemblance avec Gregory Peck m'impressionne beaucoup. A part cela, quelles sont vos raisons sociales ?

Il avait une belle voix grave.

— Vous me raconterez votre vie dans un endroit plus tamisé. Que diriez-vous du *Morocco ?* me proposa-t-il.

Au *Morocco* la piste de danse était déserte, bien que les haut-parleurs diffusassent quelques guarachas endiablées de Noro Morales. Décidément l'Amérique latine avait la cote dans le Bordelais, cet automne-là.

— Je viens de me faire renvoyer du lycée, lui expliquai-je. Coups et blessures. Je suis une petite frappe : juive de surcroît. Je m'appelle Raphaël Schlemilovitch.

— Schlemilovitch ? Tiens, tiens ! Raison de plus pour nous entendre ! J'appartiens moi-même à une très ancienne famille juive du Loiret ! Mes ancêtres étaient de père en fils bouffons des ducs de Pithiviers. Votre biographie ne m'intéresse pas. Je veux savoir si vous cherchez ou non du travail.

— J'en cherche, monsieur le vicomte.

— Eh bien, voilà. Je suis animateur. J'anime. J'entreprends, j'échafaude, je combine... J'ai besoin de votre concours. Vous êtes un jeune homme tout à fait comme il faut. Belle prestance, yeux de velours, sourire américain. Parlons en hommes. Que pensez-vous des Françaises ?

— Mignonnes.

— Et encore ?

— On pourrait en faire de très belles putains !

— Admirable ! J'aime la manière dont vous le dites ! Maintenant, cartes sur table, Schlemilovitch ! Je travaille dans la traite des blanches ! Il se trouve que la Française est bien cotée en bourse. Fournissez-moi la marchandise. Je suis trop vieux pour me charger de ce travail. En 1925, ça allait tout seul, mais aujourd'hui, si je veux plaire aux femmes, je les oblige à fumer préalablement de l'opium. Qui aurait pu penser que le jeune et séduisant Lévy-Vendôme se métamorphoserait en satyre, au détour de la cinquantaine ? Vous, Schlemilovitch, vous avez du temps devant vous, profitez-en ! Utilisez vos atouts naturels et débauchez les petites Aryennes. Ensuite, vous écrirez vos Mémoires. Cela s'appellerait « Les Déracinées » : l'histoire de sept Françaises qui n'ont pu résister au charme du juif Schlemilovitch et se sont retrouvées, un beau jour, pensionnaires de bordels orientaux ou sud-américains. Moralité : il ne fallait pas écouter ce juif suborneur mais rester dans les frais alpages et les verts bocages. Vous dédierez ces Mémoires à Maurice Barrès.

— Bien, monsieur le vicomte.

— Au travail, mon garçon ! Vous allez partir illico en Haute-Savoie. J'ai reçu une commande de Rio de Janeiro : « Jeune montagnarde française. Brune. Bien charpentée. » Ensuite, la Normandie. Cette fois-ci, la commande me vient de Beyrouth : « Française distinguée dont les ancêtres auraient fait les croisades. Bonne aristocratie provinciale. » Il s'agit certainement d'un vicieux dans notre genre ! Un émir qui veut se venger de Charles Martel...

— Ou de la prise de Constantinople par les croisés...

— Si vous voulez. Bref, j'ai trouvé ce qu'il lui faut. Dans le Calvados... Une jeune femme... Excellente noblesse d'épée ! Château XVIIe siècle ! Croix et fer de lance sur champ d'azur avec fleurons. Chasses à courre ! A vous de jouer, Schlemilovitch ! Pas une minute à perdre ! Il y a du pain sur la planche ! Il faut que les enlèvements se fassent sans effusion de sang. Venez prendre un dernier verre chez moi et je vous accompagne à la gare.

L'appartement de Lévy-Vendôme est meublé Napoléon III. Le vicomte me fait entrer dans sa bibliothèque.

— Regardez toutes ces belles reliures, me dit-il, la bibliophilie est mon vice secret. Tenez, je prends un volume au hasard : un traité sur les aphrodisiaques par René Descartes. Des apocryphes, rien que des apocryphes... J'ai réinventé à moi seul toute la littérature française. Voici les lettres d'amour de Pascal à Mlle de La Vallière. Un conte licencieux de Bossuet. Un érotique de Mme de La Fayette. Non content de débaucher les femmes de ce pays, j'ai voulu aussi prostituer toute la littérature française. Transformer les héroïnes de Racine et de Marivaux en putains. Junie faisant de plein gré l'amour avec Néron sous l'œil horrifié de Britannicus. Andromaque se jetant dans les bras de Pyrrhus dès leur première rencontre. Les comtesses de Marivaux revêtant les habits de leurs soubrettes et leur empruntant leur amant pour une nuit. Vous voyez, Schlemilovitch, que la traite des blanches ne m'empêche pas d'être un homme de culture. Cela fait quarante ans que je rédige des apocryphes. Que je m'emploie à déshonorer leurs plus illustres écrivains. Prenez-en de la graine, Schlemilovitch ! La vengeance, Schlemilovitch, la vengeance !

Plus tard, il me présente Mouloud et Mustapha, ses deux hommes de main.

— Ils seront à votre disposition, me dit-il. Je vous les enverrai dès que vous me le demanderez. On ne sait jamais avec les Aryennes. Quelquefois il faut se montrer violent. Mouloud et Mustapha n'ont pas leur égal pour rendre dociles les esprits les plus indisciplinés — anciens Waffen S.S. de la Légion nord-africaine. Je les ai connus chez Bonny et Laffont, rue Lauriston, du temps où j'étais le secrétaire de Joanovici. Des types épatants. Vous verrez !

Mouloud et Mustapha se ressemblent comme deux jumeaux. Même visage couturé. Même nez cassé. Même rictus inquiétant. Ils me témoignent tout de suite la plus vive amabilité.

Lévy-Vendôme m'accompagne à la gare Saint-Jean. Sur le quai, il me tend trois liasses de billets de banque :

— Vos frais personnels. Téléphonez-moi pour me mettre au courant. La vengeance, Schlemilovitch ! La vengeance ! Soyez impitoyable, Schlemilovitch ! La vengeance ! La...

— Bien, monsieur le vicomte.

III

Le lac d'Annecy est romantique mais un jeune homme qui travaille dans la traite des blanches évitera de pareilles pensées.

Je prends le premier car pour T., un chef-lieu de canton que j'ai élu au hasard, sur la carte Michelin. La route monte, les virages me donnent la nausée. Je me sens près d'oublier mes beaux projets. Le goût de l'exotisme et le désir de me refaire les poumons en Savoie surmontent bientôt mon découragement. Derrière moi, quelques militaires chantent : « Les montagnards sont là » et je leur prête un instant ma voix. Ensuite, je caresse le velours de mon pantalon à grosses côtes, contemple mes godillots et l'alpenstock achetés d'occasion dans une échoppe du vieil Annecy. La tactique que je me propose d'adopter est la suivante : à T., je me ferai passer pour un jeune alpiniste inexpérimenté, ne connaissant la montagne que d'après ce qu'en écrit Frison-Roche. Si je montre du doigté, on me trouvera bientôt sympathique, je pourrai m'introduire chez les indigènes et repérer sournoisement une jeune fille digne d'être exportée au Brésil. Pour plus de sûreté, j'ai décidé d'usurper l'identité bien française de mon ami Des Essarts. Le nom de Schlemilovitch sent le roussi. Ces sauvages ont certainement entendu parler des juifs au temps où la Milice infestait leur province. Surtout ne pas éveiller leur suspicion. Étouffer ma curiosité d'ethnologue à la Lévi-Strauss. Ne pas considérer leurs filles avec des regards de maquignon, sinon ils devineront mon ascendance orientale.

Le car s'arrête devant l'église. J'endosse mon sac de montagne, fais sonner mon alpenstock sur le pavé et marche d'un pas ferme jusqu'à l'hôtel des Trois Glaciers. Le lit de cuivre et le papier à fleurs de la chambre 13 me conquièrent tout de suite. Je téléphone à Bordeaux pour informer Lévy-Vendôme de mon arrivée et sifflote un menuet.

Au début, je notai un remous parmi les autochtones. Ils s'inquiétaient de ma haute taille. Je savais d'expérience que celle-ci finirait par jouer en ma faveur. Lorsque je franchis pour la première fois le seuil du Café Municipal, l'alpenstock à la main et les crampons à la semelle, je sentis tous les regards me jauger. Un mètre quatre-vingt-dix-sept, dix-huit, dix-neuf, deux mètres ? Les paris étaient ouverts. M. Gruffaz, le boulanger, tomba juste et rafla tous les enjeux. Il me témoigna aussitôt une très vive sympathie. M. Gruffaz avait-il une fille ? Je le saurais bientôt. Il me présenta à ses amis, le notaire Forclaz-Manigot et le pharmacien Petit-Savarin. Les trois hommes me proposèrent un marc de pommes qui me fit tousser. Ensuite, ils me dirent qu'ils attendaient le colonel en retraite Aravis pour une partie de belote. Je leur demandai la permission de me joindre à eux, en bénissant Lévi-Vendôme de m'avoir appris la belote, juste avant mon départ. Je me rappelais sa remarque pertinente : « Faire la traite des blanches, et particulièrement la traite des petites Françaises de province, n'a rien d'exaltant, je vous préviens tout de suite. Il faut que vous preniez des habitudes de représentant de commerce : la belote, le billard et l'apéritif sont les meilleurs moyens d'infiltration. » Les trois hommes me demandèrent la raison de mon séjour à T. Je leur expliquai, comme prévu, que j'étais un jeune aristocrate français passionné d'alpinisme.

— Vous allez plaire au colonel Aravis, me confia Forclaz-Manigot. Aravis est un type épatant. Ancien chasseur alpin. Amoureux des cimes. Un fanatique des cordées. Il vous conseillera.

Le colonel Aravis apparaît et me considère des pieds à la tête, en pensant à mon avenir dans les chasseurs alpins. Je lui donne une vigoureuse poignée de main et claque les talons.

— Jean-François Des Essarts ! Enchanté, mon colonel !

— Beau gaillard ! Bon pour le service ! décrète-t-il aux trois autres.

Il se fait paternel :

— Je crains, jeune homme, que le temps ne nous permette pas de mener à bien les quelques exercices de varappe au cours desquels je me serais rendu compte de vos facultés ! Tant pis, partie remise ! En tout cas, je ferai de vous un montagnard aguerri. Vous me paraissez bien disposé. C'est l'essentiel !

Mes quatre nouveaux amis commencent une partie de belote. Dehors, il neige. Je m'absorbe dans la lecture de *L'Écho-Liberté*, le journal de la région. J'apprends qu'un film des Marx Brothers passe au cinéma de T. Nous sommes donc six frères, six juifs exilés en Savoie. Je me sens un peu moins seul.

Réflexion faite, la Savoie me plaisait autant que la Guyenne. N'est-ce pas le pays d'Henry Bordeaux ? Vers seize ans, j'ai lu avec dévotion *Les Roquevillard*, *La Chartreuse du reposoir* et *Le Calvaire du Cimiez*. Juif apatride, j'aspirais goulûment le parfum terrien qui se dégage de ces chefs-d'œuvre. Je m'explique mal la défaveur dont souffre Henry Bordeaux depuis quelque temps. Il exerça sur moi une influence déterminante et je lui serai toujours fidèle.

Par bonheur, je découvris chez mes nouveaux amis des goûts identiques aux miens. Aravis lisait les œuvres du capitaine Danrit, Petit-Savarin avait un faible pour René Bazin, le boulanger Gruffaz pour Pierre Hamp. Le notaire Forclaz-Manigot, lui, faisait grand cas d'Édouard Estaunié. Il ne m'apprenait rien quand il me vantait les mérites de cet auteur. Dans son *Qu'est-ce que la littérature?*, Des Essarts en avait parlé comme suit : « Je considère Édouard Estaunié comme l'écrivain le plus pervers qu'il m'ait été donné de lire. A première vue, les personnages d'Estaunié rassurent : trésoriers-payeurs généraux, demoiselles des P.T.T., jeunes séminaristes de province ; mais il ne faut pas se fier aux apparences : ce trésorier-payeur général possède une âme de dinamitero, cette demoiselle des P.T.T. se prostitue au sortir de son travail, ce jeune séminariste est aussi sanguinaire que Gilles de Rais... Estaunié a choisi de camoufler le vice sous des redingotes noires, des mantilles, voire des soutanes : un Sade déguisé en clerc de notaire, un Genet travesti en Bernadette Soubirous... » Je lus ce passage à Forclaz-Manigot en lui affirmant que j'en étais l'auteur. Il me félicita et m'invita à dîner. Pendant le repas, je regardais sa femme à la dérobée. Elle me semblait un peu mûre, mais, si je ne trouvais rien d'autre, je me promis de ne pas faire la fine bouche. Ainsi, nous vivions un roman d'Estaunié : ce jeune aristocrate français, féru d'alpinisme, n'était qu'un juif s'occupant de la traite des blanches, cette femme de notaire si réservée, si provinciale, se retrouverait d'ici peu, si je le jugeais bon, dans une maison de passe brésilienne.

Chère Savoie ! Du colonel Aravis par exemple, je garderai toute ma vie un souvenir attendri. Chaque petit Français possède, au fond de la province, un grand-père de cet acabit. Il en a honte. Notre camarade Sartre veut oublier le docteur Schweitzer, son grand-oncle. Lorsque je visite Gide, dans sa demeure ancestrale de Cuverville, il me répète comme un maniaque : « Familles, je vous hais ! Familles, je vous hais ! » Seul Aragon, mon ami de jeunesse, n'a pas renié

101

ses origines. Je lui en sais gré. Du vivant de Staline, il me disait avec fierté : « Les Aragon sont flics de père en fils ! » Un bon point pour lui. Les deux autres ne sont que des enfants dévoyés.

Moi, Raphaël Schlemilovitch, j'écoutais respectueusement mon grand-père, le colonel Aravis, comme j'avais écouté mon grand-oncle Adrien Debigorre.

— Des Essarts, me disait Aravis, soyez chasseur alpin, nom d'une pipe ! Vous deviendrez la coqueluche des dames ! Un grand gaillard comme vous ! Militaire, vous feriez fureur !

Malheureusement, l'uniforme des chasseurs alpins me rappelait celui de la Milice, dans lequel j'étais mort vingt ans auparavant.

— Mon amour des uniformes ne m'a jamais porté chance, expliquai-je au colonel. Déjà, vers 1894, il m'a valu un procès retentissant et quelques années de bagne à l'île du Diable. L'affaire Schlemilovitch, vous vous souvenez ?

Le colonel ne m'écoutait pas. Il me regardait droit dans les yeux et s'écriait :

— Mon petit, s'il te plaît, la tête haute.

Une poignée de main énergique. Surtout,
évite de ricaner bêtement. Nous en avons
assez de voir la race française dégénérée.
Nous voulons de la pureté.

J'étais bien ému. Le chef Darnand me
donnait de semblables conseils quand nous
montions à l'assaut des maquis.

Chaque soir je dresse un rapport de mes
activités à Lévy-Vendôme. Je lui parle de
Mme Forclaz-Manigot, la femme du notaire.
Il me répond que les femmes mûres n'intéressent pas son client de Rio. Je suis donc
condamné à rester quelque temps encore dans
la solitude de T. Je ronge mon frein. Rien à
espérer de la part du colonel Aravis. Il vit
seul. Petit-Savarin et Gruffaz n'ont pas de
filles. D'autre part, Lévy-Vendôme m'interdit formellement de faire la connaissance des
jeunes villageoises sans l'entremise de leurs
parents ou de leurs maris : une réputation de
coureur de jupons me fermerait toutes les
portes.

OÙ L'ABBÉ PERRACHE
ME TIRE D'AFFAIRE.

Je rencontre cet ecclésiastique au cours
d'une promenade dans les environs de T.
Appuyé contre un arbre il contemple la
nature, en Vicaire savoyard. Je suis frappé de
l'extrême bonté qui se lit sur ses traits. Nous
engageons la conversation. Il me parle du juif
Jésus-Christ. Je lui parle d'un autre juif
nommé Judas, dont Jésus-Christ a dit :
« Mieux eût valu pour cet homme-là de ne pas
naître ! » Notre entretien théologique se poursuit jusqu'à la place du village. L'abbé Perrache s'attriste de l'intérêt que je porte à
Judas. « Vous êtes un désespéré, me dit-il
gravement. Le péché de désespoir est le pire
de tous. » J'explique à ce saint homme que
ma famille m'a envoyé à T. pour m'oxygéner
les poumons et m'éclaircir les idées. Je lui
parle de mon passage trop rapide dans la
khâgne de Bordeaux, en lui précisant que le
lycée me dégoûte à cause de son atmosphère
radicalement socialiste. Il me reproche mon
intransigeance. « Pensez à Péguy, me dit-il,

qui partageait son temps entre la cathédrale de Chartres et la Ligue des instituteurs. Il s'efforçait de présenter Saint Louis et Jeanne d'Arc à Jean Jaurès. Il ne faut pas être trop exclusif, jeune homme ! » Je lui réponds que je préfère Mgr Mayol de Lupé : un catholique doit prendre les intérêts du Christ au sérieux, quitte à s'engager dans la L.V.F. Un catholique doit brandir le sabre, quitte à déclarer comme Simon de Montfort : « Dieu reconnaîtra les siens ! » D'ailleurs, l'Inquisition me semble une entreprise de salubrité publique. Torquemada et Ximénès étaient bien gentils de vouloir guérir des gens qui se vautraient avec complaisance dans leur maladie, leur juiverie ; bien aimables vraiment de leur proposer des interventions chirurgicales au lieu de les laisser crever de leur tuberculose. Ensuite je lui vante Joseph de Maistre, Édouard Drumont, et lui décrète que Dieu n'aime pas les tièdes.

— Ni les tièdes ni les orgueilleux, me dit-il. Et vous commettez le péché d'orgueil, tout aussi grave que le péché de désespoir. Tenez, je vais vous charger d'un petit travail. Vous devrez le considérer comme une pénitence, un acte de contrition. L'évêque de notre diocèse doit visiter le collège de T. dans une semaine : vous écrirez un discours de bienvenue que je communiquerai au supérieur. Il sera lu à Monseigneur par un jeune élève au nom de toute la communauté. Vous y montrerez de la pondération, de la gentillesse et de l'humilité. Puisse ce petit exercice vous ramener dans le droit chemin ! Je sais bien que vous êtes une brebis égarée qui ne demande qu'à retrouver son troupeau. Chaque homme dans sa nuit s'en va vers sa Lumière ! J'ai confiance en vous ! (Soupirs.)

Une jeune fille blonde dans le jardin du presbytère. Elle me dévisage avec curiosité : l'abbé Perrache me présente sa nièce Loïtia. Elle porte l'uniforme bleu marine de pensionnaire.

Loïtia allume une lampe à pétrole. Les meubles savoyards sentent bon l'encaustique. Le chromo du mur gauche me plaît bien. L'abbé me pose doucement la main sur l'épaule :

— Schlemilovitch, vous pouvez, dès à présent, annoncer à votre famille que vous êtes tombé dans de bonnes mains. Je me charge de votre santé spirituelle. L'air de nos montagnes fera le reste. Maintenant mon garçon, vous allez écrire le discours pour notre évêque. Loïtia, s'il te plaît, apporte-nous du thé et quelques brioches ! Ce jeune homme a besoin de prendre des forces !

Je regarde la jolie tête de Loïtia. Les religieuses de Notre-Dame-des-Fleurs lui recommandent de coiffer ses cheveux blonds en nattes, mais, grâce à moi, elle les laissera tomber sur ses épaules d'ici quelque temps. Après avoir décidé de lui faire connaître le Brésil, je me retire dans le bureau de son oncle et rédige un discours de bienvenue à Mgr Nuits-Saint-Georges :

« Excellence,

« Dans toutes les paroisses du beau diocèse qu'il a plu à la Providence de lui confier, l'évêque Nuits-Saint-Georges est chez lui, apportant le réconfort de sa présence et les précieuses bénédictions de son ministère.

« Mais il est surtout chez lui dans cette pittoresque vallée de T., célèbre par son manteau bigarré de prairies et de forêts... Cette vallée qu'un historien nommait il n'y a pas si longtemps " une terre de prêtres affectueusement attachée à ses chefs spirituels ". Ici même dans ce collège construit au prix de générosités parfois héroïques... Votre Excellence est ici chez elle... et tout un remous de joyeuse impatience, agitant notre petit univers, a précédé et solennisé par avance sa venue.

« Vous apportez, Excellence, le réconfort de vos encouragements et la lumière de vos consignes aux maîtres, vos dévoués collaborateurs dont la tâche est particulièrement ingrate ; aux élèves, vous accordez la bienveillance de votre paternel sourire et d'un intérêt qu'ils s'efforcent de mériter... Et nous sommes heureux d'acclamer en vous un éducateur très averti, un ami de la jeunesse, un promoteur zélé de tout ce qui peut augmenter le rayonnement de l'École chrétienne — vivante réalité et garantie d'un bel avenir pour notre pays.

« Pour vous, Excellence, les gazons bien peignés des plates-bandes de l'entrée ont fait toilette et les fleurs qui les parsèment —

malgré la rigueur d'une saison difficile — chantent la symphonie de leurs couleurs ; pour vous, notre Maison, ruche bourdonnante et bruyante à l'ordinaire, se peuple de recueillement et de silence ; pour vous, le rythme un peu monotone des classes ou des études a rompu son cours habituel... C'est grand jour de fête, jour de joie sereine, et de bonnes résolutions !

« Nous voulons, Excellence, participer au grand effort de renouveau et de reconstruction qui soulève à notre époque les beaux chantiers de l'Église et de la France. Fiers de votre visite d'aujourd'hui, attentifs aux consignes que vous voudrez bien nous donner, nous adressons d'un cœur joyeux à Votre Excellence le traditionnel et filial salut :

« Béni soit Mgr Nuits-Saint-Georges,

« Heil Monseigneur notre évêque ! »

Je souhaite que ce travail plaise à l'abbé Perrache et me permette de conserver sa précieuse amitié : mon avenir dans la traite des blanches l'exige.

Par bonheur, il fond en larmes dès les premières lignes et m'accable de louanges. Il ira lui-même faire goûter ma prose au supérieur du collège.

Loïtia s'est assise devant la cheminée. Elle a la tête inclinée et le regard pensif des jeunes filles de Botticelli. Elle aura du succès l'été prochain dans les bordels de Rio.

Le chanoine Saint-Gervais, supérieur du collège, se montra très satisfait de mon discours. Dès notre premier entretien, il me proposa de remplacer un professeur d'histoire, l'abbé Ivan Canigou, qui avait disparu sans laisser d'adresse. Selon Saint-Gervais, l'abbé Canigou, fort bel homme, ne pouvait pas résister à sa vocation de missionnaire et projetait d'évangéliser les Gentils du Sinkiang ; on ne le reverrait jamais à T. Par Perrache, le chanoine était au courant de mon séjour en khâgne et ne doutait pas de mes talents d'historien :

— Vous assurerez la relève de l'abbé Canigou jusqu'à ce que nous ayons trouvé un nouveau professeur d'histoire. Cela meublera vos loisirs. Qu'en pensez-vous ?

Je courus annoncer la bonne nouvelle à Perrache.

— C'est moi qui ai prié le chanoine de vous trouver un passe-temps. L'oisiveté ne vous vaut rien. Au travail mon enfant ! Vous voilà dans le droit chemin ! Surtout ne le quittez pas !

Je lui demandai la permission de jouer à la belote. Il me l'accorda de bon cœur. Au Café Municipal, le colonel Aravis, Forclaz-Manigot et Petit-Savarin m'accueillirent gentiment. Je leur parlai de mon nouvel emploi et nous bûmes des mirabelles de la Meuse en nous tapant sur l'épaule.

Arrivé à ce point de ma biographie, je préfère consulter les journaux. Suis-je entré au séminaire, comme me le conseillait Perrache ? L'article d'Henry Bordeaux : « Un nouveau curé d'Ars, l'abbé Raphaël Schlemilovitch » (*Action française* du 23 octobre 19..) me le laisserait supposer : le romancier me complimente pour le zèle apostolique que je manifeste dans le petit village savoyard de T.

111

Quoi qu'il en soit, je fais de longues promenades en compagnie de Loïtia. Son charmant uniforme et ses cheveux colorent les samedis après-midi de bleu marine et de blond. Nous rencontrons le colonel Aravis, qui nous adresse un sourire complice. Forclaz-Manigot et Petit-Savarin m'ont même proposé d'être témoins à notre mariage. J'oublie peu à peu les raisons de mon séjour en Savoie et le visage grimaçant de Lévy-Vendôme. Non, jamais, je ne livrerai l'innocente Loïtia aux proxénètes brésiliens. Je me retirerai définitivement à T. J'exercerai dans le calme et la modestie mon métier d'instituteur. J'aurai à mes côtés une femme aimante, un vieil abbé, un gentil colonel, un notaire et un pharmacien sympathiques... La pluie griffe les vitres, les flammes de l'âtre répandent une clarté douce, l'abbé me parle gentiment, Loïtia penche la tête sur des travaux de couture. Quelquefois nos regards se croisent. L'abbé me demande de réciter un poème...

Mon cœur, souris à l'avenir...
J'ai tu les paroles amères
Et banni les sombres chimères.

Et puis :

... Le foyer, la lueur étroite de la lampe...

La nuit, dans ma petite chambre d'hôtel, j'écris la première partie de mes Mémoires pour me débarrasser d'une jeunesse orageuse. Je regarde avec confiance les montagnes et les forêts, le Café Municipal et l'église. Finies les contorsions juives. Je hais les mensonges qui m'ont fait tant de mal. La terre, elle, ne ment pas.

La poitrine gonflée par d'aussi belles résolutions, je pris mon envol et partis enseigner l'histoire de France. Je fis devant mes élèves une cour effrénée à Jeanne d'Arc. Je m'engageais dans toutes les croisades, combattais à Bouvines, à Rocroi et au pont d'Arcole. Hélas ! je m'aperçus bien vite que je n'avais pas la *furia francese*. Les blonds chevaliers me distançaient en cours de route et les bannières fleurdelisées me tombaient des mains. La complainte d'une chanteuse yiddish me parlait d'une mort qui ne portait pas d'éperons, de casoar ni de gants blancs.

A la fin, n'y tenant plus, je pointai l'index en direction de Cran-Gevrier, mon meilleur élève :

— C'est un juif qui a brisé le vase de Soisson ! Un juif, vous m'entendez ! Vous me copierez cent fois : « C'est un juif qui a brisé le vase de Soissons ! » Apprenez vos leçons, Cran-Gevrier ! Zéro, Cran-Gevrier ! Vous serez privé de sortie !

Cran-Gevrier se mit à pleurer. Moi aussi. Je quittai brusquement la classe et télégraphiai à Lévy-Vendôme pour lui annoncer que je livrerais Loïtia le samedi suivant. Je lui proposai Genève comme lieu de rendez-vous. Ensuite, je rédigeai, jusqu'à trois heures du matin, mon autocritique : « Un juif aux champs », où je me reprochais ma faiblesse envers la province française. Je ne mâchais pas mes mots : « Après avoir été un juif collabo, comme Joanovici-Sachs, Raphaël

114

Schlemilovitch joue la comédie du " Retour à la terre " comme Barrès-Pétain. A quand l'immonde comédie du juif militariste, comme le capitaine Dreyfus-Stroheim ? Celle du juif honteux comme Simone Weil-Céline ? Celle du juif distingué comme Proust-Daniel Halévy-Maurois ? Nous voudrions que Raphaël Schlemilovitch se contente d'être un juif tout court... »

Cet acte de contrition achevé, le monde reprit les couleurs que j'aime. Des projecteurs balayaient la place du village, des bottes martelaient le trottoir. On réveillait le colonel Aravis, Forclaz-Manigot, Gruffaz, Petit-Savarin, l'abbé Perrache, le chanoine Saint-Gervais, Cran-Gevrier mon meilleur élève, Loïtia ma fiancée. On leur posait des questions sur mon compte. Un juif qui se cachait en Haute-Savoie. Un juif dangereux. L'ennemi public numéro un. Ma tête était mise à prix. Quand m'avait-on vu pour la dernière fois ? Mes amis me dénonceraient certainement. Déjà, les miliciens s'approchaient de l'hôtel des Trois Glaciers. Ils forçaient la porte de ma

chambre. Et moi, vautré sur mon lit, j'attendais, oui, j'attendais, en sifflotant un menuet.

Je bois ma dernière mirabelle de la Meuse
au Café Municipal. Le colonel Aravis, le
notaire Forclaz-Manigot, le pharmacien Petit-
Savarin et le boulanger Gruffaz me souhaitent
bonne route.

— Je reviendrai demain soir pour la
belote, leur dis-je. Je vous rapporterai du
chocolat suisse.

Je déclare à l'abbé Perrache que mon père
se repose dans un hôtel de Genève et désire
passer la soirée avec moi. Il me prépare un
casse-croûte en me recommandant de ne pas
traîner sur le chemin du retour.

Je descends du car à Veyrier-du-Lac et me
poste devant l'institution Notre-Dame-des-
Fleurs. Loïtia franchit bientôt le portail en fer
forgé. Alors, tout se déroule comme je l'ai
prévu. Ses yeux brillent tandis que je lui parle
d'amour, d'eau fraîche, d'enlèvements,
d'aventure de capes et d'épées. Je l'entraîne
jusqu'à la gare routière d'Annecy. Ensuite

nous prenons le car pour Genève. Cruseilles, Annemasse, Saint-Julien, Genève, Rio de Janeiro. Les jeunes filles de Giraudoux aiment les voyages. Celle-ci s'inquiète un peu, quand même. Elle me dit qu'elle n'a pas apporté sa valise. Aucune importance. Nous achèterons tout sur place. Je la présenterai à mon père, le vicomte Lévy-Vendôme, qui la couvrira de cadeaux. Très gentil, vous verrez. Chauve. Il porte un monocle et un long fume-cigarette de jade. Ne vous effrayez pas. Ce monsieur vous veut du bien. Nous passons la frontière. Vite. Nous buvons un jus de fruit au bar de l'hôtel des Bergues en attendant le vicomte. Il se dirige vers nous, suivi des tueurs Mouloud et Mustapha. Vite. Il tire nerveusement sur son fume-cigarette de jade. Il ajuste son monocle et me tend une enveloppe bourrée de dollars.

— Votre salaire ! Je m'occupe de la jeune fille ! Vous, pas de temps à perdre ! Après la Savoie, la Normandie ! téléphonez-moi à Bordeaux dès que vous serez arrivé !

Loïtia me jette un regard affolé. Je lui promets de revenir tout de suite.

Cette nuit-là je me suis promené le long du Rhône en pensant à Jean Giraudoux, Colette, Marivaux, Verlaine, Charles d'Orléans, Maurice Scève, Remy Belleau et Corneille. Je suis grossier auprès de ces gens-là. Vraiment indigne. Je leur demande pardon d'avoir vu le jour en Ile-de-France, plutôt qu'à Wilna, Lituanie. J'ose à peine écrire le français : une langue aussi délicate se putréfie sous ma plume...

Je gribouille encore cinquante pages. Ensuite, je renonce à la littérature. C'est juré.

Je parachèverai en Normandie mon éducation sentimentale. Fougeire-Jusquiames, une petite ville du Calvados, agrémentée d'un château XVIIᵉ siècle. Je prends une chambre d'hôtel, comme à T. Cette fois-ci je me fais passer pour un représentant en denrées tropicales. J'offre à la patronne des *Trois-Vikings* quelques rahat-loukoums et la questionne sur la châtelaine, Véronique de Fougeire-Jusquiames. Elle me dit tout ce qu'elle sait : la marquise vit seule, les villageois ne la voient que le dimanche pendant la grand-messe. Elle organise chaque année une chasse à courre. Le samedi après-midi, les touristes peuvent visiter son château à raison de trois cents francs par tête. Gérard, le chauffeur de la marquise, sert de guide.

Le soir même, je téléphone à Lévy-Vendôme pour lui annoncer mon arrivée en Normandie. Il me supplie de remplir rapidement ma mission : notre client, l'émir de Samandal, lui envoie chaque jour des télégrammes impatients et menace de rompre le contrat si la marchandise ne lui est pas livrée sous huitaine. Apparemment, Lévy-Vendôme ne se rend pas compte des difficultés que je dois affronter. Comment puis-je, moi, Raphaël Schlemilovitch, lier connaissance avec une marquise du jour au lendemain ? D'autant plus que je ne suis pas à Paris mais à Fougeire-Jusquiames, en plein terroir français. On ne laissera pas un juif, même très beau, approcher du château, sauf le samedi après-midi, parmi les autres visiteurs payants.

Toute la nuit, j'étudie le pedigree de la

marquise, que Lévy-Vendôme a établi en compulsant divers documents. Les références sont excellentes. Ainsi l'annuaire de la noblesse française fondé en 1843 par le baron Samuel Bloch-Morel précise : « FOUGEIRE-JUSQUIAMES : Berceau : Normandie-Poitou. Tige : Jourdain de Jusquiames, fils naturel d'Aliénor d'Aquitaine. Devise : " Jusquiames sauve ton âme, Fougère ne te perds. " Maison de Jusquiames substituée en 1385 à celle des premiers comtes de Fougeire. Titre : duc de Jusquiames (duché héréditaire), lettres patentes du 20 septembre 1603 ; membre héréditaire de la Chambre des pairs, ordonnance du 3 juin 1814 ; duc-pair héréditaire (duc de Jusquiames), ordonnance du 30 août 1817. Rameau cadet : baron romain, bref du 19 juin 1819, autorisé par ordonnance du 7 septembre 1822 ; prince avec transmission à tous les descendants du diplôme du roi de Bavière, 6 mars 1846. Comte-pair héréditaire, ordonnance du 10 juin 1817. Armes : de gueules sur champ d'azur avec fleurons rissolé d'étoiles en sautoir. »

Robert de Clary, Villehardouin et Henri de Valenciennes délivrent dans leurs chroniques de la quatrième croisade des certificats de bonne conduite aux seigneurs de Fougeire. Froissart, Commynes et Montluc ne ménagent pas leurs compliments aux valeureux capitaines de Jusquiames. Joinville, au chapitre x de son histoire de Saint Louis, rappelle la bonne action d'un chevalier de Fougeire : « Et lors, il éleva son épée et frappa le juif aux yeux et le porta par terre. Et les juifs tournèrent en fuite et emportèrent leur maître tout blessé. »

Le dimanche matin, il se posta devant le porche de l'église. Vers onze heures, une limousine noire déboucha sur la place, et son cœur battit à se rompre. Une femme blonde s'avançait vers lui, mais il n'osait la regarder. Il pénétra à sa suite dans l'église et tenta de maîtriser son émotion. Comme son profil était pur ! Au-dessus d'elle, un vitrail représentait l'entrée d'Aliénor d'Aquitaine à Jérusalem. On eût dit la marquise de Fougeire-Jusquiames. La même chevelure blonde, le même port de tête, la même attache du cou, si fragile. Ses yeux allaient de la marquise à la reine et il se disait : « Qu'elle est belle ! Quelle noblesse ! Comme c'est bien une fière Jusquiames, la descendante d'Aliénor d'Aquitaine, que j'ai devant moi. » Ou encore : « Glorieux dès avant Charlemagne, les Jusquiames avaient le droit de vie et de mort sur leurs vassaux. La marquise de Fougeire-Jusquiames descend d'Aliénor d'Aquitaine. Elle ne connaît ni ne consentirait à connaître aucune des personnes qui sont ici. » A plus forte raison Schlemilovitch. Il décida d'abandonner la partie : Lévy-Vendôme comprendrait bien qu'ils avaient été trop présomptueux. Métamorphoser Aliénor d'Aquitaine en pensionnaire de bordel ! Cette perspective le révoltait. On peut s'appeler Schlemilovitch et garder quand même un soupçon de délicatesse au fond du cœur. Les orgues et les cantiques réveillaient son bon naturel. Jamais il ne livrerait cette princesse, cette fée, cette sainte aux Sarrasins. Il s'efforcerait d'être son page, un page juif, mais enfin les mœurs ont évolué depuis le XIIe siècle et la marquise de Fougeire-Jusquiames ne se formalisera pas de ses origines. Il usurpera l'identité de son ami Des Essarts pour s'introduire plus rapidement auprès d'elle. Lui aussi, il lui parlera de ses ancêtres, de ce capitaine Foulques Des Essarts qui étripa deux cents juifs avant de partir en croisade. Foulques avait bien raison, ces types s'amusaient à bouillir des hosties, leur massacre est une punition trop légère, les corps de mille juifs ne valent certainement pas le corps sacré du Bon Dieu.

Au sortir de la messe, la marquise jeta un regard distant sur les fidèles. Était-ce une illusion ? Ses yeux bleu pervenche le fixèrent. Devinait-elle la dévotion qu'il lui portait depuis une heure ?

Il traversa en courant la place de l'église. Quand la limousine noire ne fut plus qu'à vingt mètres de lui, il s'écroula au beau milieu de la chaussée et simula un évanouissement. Il entendit crisser les freins. Une voix douce modula :

— Gérard, faites monter ce pauvre jeune homme ! Un malaise sans doute ! Il a le teint si pâle ! Nous allons lui préparer un bon grog au château.

Il prit garde de ne pas ouvrir les yeux. La

banquette arrière où le chauffeur l'étendit sentait le cuir de Russie mais il suffisait qu'il se répétât à lui-même le nom si doux de Jusquiames pour qu'un parfum de violettes et de sous-bois lui caressât les narines. Il rêvait aux cheveux blonds de la princesse Aliénor, au château vers lequel il glissait. Pas un moment il ne lui vint à l'idée qu'après avoir été un juif collabo, un juif normalien, un juif aux champs, il risquait de devenir dans cette limousine aux armes de la marquise (de gueules sur champ d'azur avec fleurons rissolé d'étoiles en sautoir) un juif snob.

La marquise ne lui posait aucune question comme si sa présence lui semblait naturelle. Ils se promenaient dans le parc, elle lui montrait les fleurs et les belles eaux vives. Ensuite, ils rentraient au château. Il admirait le portrait du cardinal de Fougeire-Jusquiames, signé Lebrun, les Aubusson, les armures et divers souvenirs de famille, parmi lesquels une lettre autographe de Louis XIV au duc de Fougeire-Jusquiames. La marquise l'enchantait. A travers les inflexions de sa voix perçait toute la rudesse du terroir. Subjugué, il se murmurait à lui-même : « L'énergie et le charme d'une cruelle petite fille de l'aristocratie française qui, dès son enfance, monte à cheval, casse les reins aux chats, arrache l'œil aux lapins... »

Après le dîner aux chandelles que leur servait Gérard, ils allaient bavarder devant la cheminée monumentale du salon. La marquise lui parlait d'elle, de ses aïeux, oncles et cousins... Bientôt rien de ce qui était Fougeire-Jusquiames ne lui fut étranger.

Je caresse un Claude Lorrain accroché au mur gauche de ma chambre : l'*Embarquement d'Aliénor d'Aquitaine pour l'Orient*. Ensuite je regarde l'*Arlequin triste* de Watteau. Je contourne le tapis de la Savonnerie, craignant de le souiller. Je ne mérite pas une chambre aussi prestigieuse. Ni cette petite épée de page qui se trouve sur la cheminée. Ni le Philippe de Champaigne à gauche de mon lit, ce lit que Louis XIV visita en compagnie de

Mlle de La Vallière. De ma fenêtre, je vois une amazone traverser le parc au galop. En effet, la marquise sort chaque jour à cinq heures pour monter Bayard, son cheval favori. Elle disparaît au détour d'une allée. Plus rien ne trouble le silence. Alors je décide d'entreprendre une sorte de biographie romancée. J'ai consigné tous les détails que la marquise a bien voulu me donner au sujet de sa famille. Je m'en servirai pour rédiger la première partie de mon œuvre qui s'intitulera : *Du côté de Fougeire-Jusquiames, ou les Mémoires de Saint-Simon revus et corrigés par Schéhérazade et quelques talmudistes.* Au temps de mon enfance juive, à Paris, quai Conti, Miss Evelyn me lisait *Les Mille et Une Nuits* et les *Mémoires* de Saint-Simon. Ensuite elle éteignait la lumière. Elle laissait la porte de ma chambre entrebâillée pour que j'entendisse, avant de m'endormir, la *Sérénade en sol majeur* de Mozart. Profitant de mon demi-sommeil, Schéhérazade et le duc de Saint-Simon faisaient tourner une lanterne magique. J'assistais à l'entrée de la princesse des Ursins dans les cavernes d'Ali Baba, au mariage de Mlle de La Vallière et d'Aladin, à l'enlèvement de

Mme Soubise par le calife Haroun al-Rachid. Les fastes de l'Orient mêlés à ceux de Versailles composaient un univers féerique que je tenterai de ressusciter dans mon œuvre.

Le soir tombe, la marquise de Fougeire-Jusquiames passe à cheval sous mes fenêtres. C'est la fée Mélusine, c'est la Belle aux Cheveux d'or. Rien n'a changé pour moi depuis le temps où la gouvernante anglaise me faisait la lecture. Je regarde encore une fois les tableaux de ma chambre. Miss Evelyn m'emmenait souvent au Louvre. Il suffisait de traverser la Seine. Claude Lorrain, Philippe de Champaigne, Watteau, Delacroix, Corot ont coloré mon enfance. Mozart et Haydn la berçaient. Schéhérazade et Saint-Simon l'égayaient. Enfance exceptionnelle, enfance exquise dont il me faut parler. Je commence aussitôt *Du côté de Fougeire-Jusquiames*. Sur le papier vélin aux armes de la marquise, je trace d'une petite écriture nerveuse : « C'était, ce Fougeire-Jusquiames, comme le cadre d'un roman, un paysage imaginaire que j'avais peine à me représenter, et d'autant plus le désir de découvrir, enclavé au milieu de terres et de

127

routes réelles qui tout à coup s'imprégnaient de particularités héraldiques... »

Gérard frappa à la porte en m'annonçant que le dîner était servi.

Ce soir-là, ils n'allèrent pas converser devant l'âtre, comme d'habitude. La marquise l'entraîna dans un grand boudoir capitonné de bleu et jouxtant sa chambre. Un candélabre jetait une lumière incertaine. Le sol était jonché de coussins rouges. Aux murs, quelques estampes licencieuses de Moreau le Jeune, de Girard, de Binet, un tableau de facture austère qu'on aurait cru signé Hyacinthe Rigaut, mais représentant Aliénor d'Aquitaine sur le point de succomber à Saladin, chef des Sarrasins.

La porte s'ouvrit. La marquise était vêtue d'une robe de gaze qui lui laissait les seins libres.

— Vous vous appelez bien Schlemilovitch ? lui demanda-t-elle d'une voix faubourienne qu'il ne lui connaissait pas. Né à Boulogne-Billancourt ? Je l'ai vu sur votre carte d'identité nationale ! Juif ? J'adore ça ! mon arrière-grand-oncle, Palamède de Jusquiames, disait du mal des juifs mais admirait Marcel Proust ! Les Fougeire-Jusquiames, du moins les femmes, n'ont aucun préjugé contre les Orientaux. Mon ancêtre la reine Aliénor profitait de la seconde croisade pour courir le Sarrasin, pendant que ce malheureux Louis VII piétinait devant Damas ! Une autre de mes ancêtres, la marquise de Jusquiames, trouvait le fils de l'ambassadeur turc fort à son goût vers 1720 ! A propos, j'ai vu que vous aviez constitué tout un dossier « Fougeire-Jusquiames » ! Je vous remercie de l'intérêt que vous portez à notre famille ! J'ai même lu cette phrase charmante, inspirée sans doute par votre séjour au château : « C'était, ce Fougeire-Jusquiames, comme le cadre d'un roman, un paysage imaginaire... » Vous vous prenez pour Marcel Proust, Schlemilovitch ? C'est très grave ! Vous n'allez tout de même pas gaspiller votre jeunesse en recopiant *A la recherche du temps perdu ?* Je vous préviens tout de suite que je ne suis pas la fée de votre enfance ! La Belle au Bois dormant ! La duchesse de Guermantes ! La femme-fleur ! Vous perdez votre temps ! Traitez-moi donc comme une putain de la rue des Lombards au lieu de baver sur mes titres de noblesse ! Mon champ d'azur avec fleurons ! Villehardouin, Froissart, Saint-Simon et *tutti quanti* ! Petit snob ! juif mondain ! Assez de trémolos, de courbettes ! Votre gueule de gigolo m'excite en diable ! M'électrise ! Adorable petite frappe ! Mac de charme ! Bijou ! Bardache ! Crois-tu vraiment que Fougeire-Jusquiames soit le « cadre d'un roman, un paysage imaginaire » ? Un bordel, entends-tu, le château a toujours été un bordel de luxe ! Très couru sous l'occupation allemande ! Mon défunt père, Charles de Fougeire-Jusquiames, servait d'entremetteur aux intellectuels français collabos. Statues d'Arno Breker, jeunes aviateurs de la Luftwaffe, S.S., Hitlerjugend, tout était mis en œuvre pour satisfaire les goûts de ces messieurs ! Mon père avait compris que le sexe détermine souvent les options politiques. Maintenant, parlons de vous, Schlemilovitch ! Ne perdons pas de temps ! Vous êtes juif ? Je suppose que vous aimeriez violer une reine de France. J'ai, dans mon grenier, toute une série de costumes ! Veux-tu que je me déguise en Anne d'Autriche, mon ange ? Blanche de Castille ? Marie Leczinska ? Ou bien préfères-tu baiser Adélaïde de Savoie ? Marguerite de Provence ? Jeanne d'Albret ? Choisis ! Je me travestirai de mille et mille façons ! Ce soir, toutes les reines de France sont tes putes !...

La semaine qui suivit fut vraiment idyllique : la marquise changeait sans cesse de costume pour réveiller ses désirs. Exception faite des reines de France, il viola Mme de Chevreuse, la duchesse de Berry, le chevalier d'Éon, Bossuet, Saint Louis, Bayard, Du Guesclin, Jeanne d'Arc, le comte de Toulouse et le général Boulanger.

Le reste du temps, il s'efforçait de lier plus ample connaissance avec Gérard.

— Mon chauffeur jouit d'une excellente réputation dans le milieu, lui confia Véronique. Les truands le surnomment Pompes Funèbres ou bien Gérard le Gestapiste. Gérard appartenait à la bande de la rue

Lauriston. Il était le secrétaire de feu mon père, son âme damnée...

Son père à lui connaissait aussi Gérard le Gestapiste. Il en avait parlé pendant leur séjour à Bordeaux. Le 16 juillet 1942, Gérard avait fait monter Schlemilovitch père dans une traction noire : « Que dirais-tu d'une vérification d'identité rue Lauriston et d'un petit tour à Drancy ? » Schlemilovitch fils avait oublié par quel miracle Schlemilovitch père s'arracha des mains de ce brave homme.

Une nuit tu quittas la marquise et surpris Gérard, accoudé contre la balustrade du perron.

— Vous aimez le clair de lune ? Le calme clair de lune triste et beau ? Romantique, Gérard ?

Il n'eut pas le temps de te répondre. Tu lui serras la gorge. Les vertèbres cervicales craquèrent modérément. Tu as le mauvais goût de t'acharner sur les cadavres. Tu découpas les oreilles au moyen d'une lame de rasoir Gillette extra-bleue. Puis les paupières.

Ensuite, tu sortis les yeux de leur orbite. Il ne restait plus qu'à fracasser les dents. Trois coups de talon suffirent.

Avant d'enterrer Gérard, tu as pensé le faire empailler et l'expédier à ton pauvre père, mais tu ne te rappelais plus l'adresse de la Schlemilovitch Ltd., New York.

Toutes les amours sont éphémères. La marquise costumée en Aliénor d'Aquitaine s'abandonnera, mais le bruit d'une voiture interrompra nos effusions. Les freins crisseront. Je serai surpris d'entendre une musique tzigane. La porte du salon s'ouvrira brutalement. Un homme coiffé d'un turban rouge apparaîtra. En dépit de son accoutrement de fakir, je reconnaîtrai le vicomte Charles Lévy-Vendôme.

Trois violonistes viendront derrière lui et entameront la seconde partie d'une csardas. Mouloud et Mustapha fermeront la marche.

— Que se passe-t-il, Schlemilovitch ? me demandera le vicomte. Voilà plusieurs jours que nous sommes sans nouvelles de vous !

Il fera signe de la main à Mouloud et Mustapha.

— Conduisez cette femme dans la Buick et surveillez-la de très près. Désolé, madame, de venir à l'improviste, mais nous n'avons pas de temps à perdre ! Figurez-vous qu'on vous attend à Beyrouth depuis une semaine !

Quelques gifles vigoureuses lancées par Mouloud étoufferont toute velléité de résistance. Mustapha bâillonnera et ligotera ma compagne.

— L'affaire est dans le sac ! s'exclamera Lévy-Vendôme, tandis que ses gardes du corps entraîneront Véronique.

Le vicomte rajustera son monocle :

— Votre mission a été un échec. Je pensais que vous me livreriez la marquise à Paris, mais j'ai dû venir moi-même à Fougeire-Jusquiames. Je vous licencie, Schlemilovitch ! Et maintenant, parlons d'autre chose. Assez de roman-feuilleton pour ce soir. Je vous propose de visiter cette belle demeure en compagnie de nos musiciens. Nous sommes les nouveaux seigneurs de Fougeire-Jusquiames. La marquise nous léguera tous ses biens. De gré ou de force !

Je revois encore cet étrange personnage avec son turban et son monocle, inspectant le château, un candélabre à la main, tandis que les violonistes jouaient des airs tziganes. Il contempla longtemps le portrait du cardinal de Fougeire-Jusquiames et caressa une armure qui avait appartenu à l'aïeul de la famille, Jourdain, fils naturel d'Aliénor d'Aquitaine. Je lui montrai ma chambre, le Watteau, le Claude Lorrain, le Philippe de Champaigne et le lit où couchèrent Louis XIV et La Vallière. Il lut la petite phrase que j'avais écrite sur le papier armorié de la marquise : « C'était ce Fougeire-Jusquiames », etc. Il me regarda méchamment. A ce moment-là, les musiciens jouaient *Wiezenlied,* une berceuse yiddish.

— Décidément, Schlemilovitch, votre séjour à Fougeire-Jusquiames ne vous a pas réussi ! Les parfums vieille France vous tournent la tête. A quand le baptême ? La condition de Français cent pour cent ? Il faut que je mette un terme à vos rêveries imbéciles. Lisez le Talmud au lieu de compulser l'histoire des croisades. Cessez donc de saliver sur l'almanach des blasons... Croyez-moi, l'étoile de

David vaut mieux que tous ces chevrons à sinoples, ces lions léopardés de gueules, ces écus d'azur à trois fleurs de lis d'or. Vous prendriez-vous pour Charles Swann par hasard ? Allez-vous déposer votre candidature au Jockey ? Vous introduire faubourg Saint-Germain ? Charles Swann lui-même, vous m'entendez, la coqueluche des duchesses, l'arbitre des élégances, le grand chéri des Guermantes, s'est souvenu en vieillissant de ses origines. Vous permettez, Schlemilovitch ?

Le vicomte fit signe aux violonistes d'interrompre leur morceau et déclama d'une voix de stentor :

— D'ailleurs, peut-être, chez lui, en ces derniers jours, la race faisait-elle apparaître plus accusé le type physique qui la caractérise, en même temps que le sentiment d'une solidarité morale avec les autres juifs, solidarité que Swann semblait avoir oubliée toute sa vie, et que, greffées les unes sur les autres, la maladie mortelle, l'affaire Dreyfus, la propagande antisémite avaient réveillée...

« On finit toujours par retrouver les siens, Schlemilovitch ! Même après de longues années d'égarement ! »

Il psalmodia :

— Les juifs sont la substance même de Dieu, mais les non-juifs ne sont que la semence du bétail ; les non-juifs ont été créés pour servir le juif jour et nuit. Nous ordonnons que tout juif maudisse trois fois par jour le peuple chrétien et prie Dieu de l'exterminer avec ses rois et ses princes. Le juif qui viole ou corrompt une femme non juive et même la tue doit être absous en justice, parce qu'il n'a fait de mal qu'à une jument.

Il ôta son turban et ajusta un nez postiche démesurément recourbé.

— Vous ne m'avez jamais vu dans mon interprétation du juif Süss ? Imaginez Schlemilovitch ! Je viens de tuer la marquise, de boire son sang comme tout vampire qui se respecte. Le sang d'Aliénor d'Aquitaine et des preux chevaliers ! Maintenant je déploie mes ailes de vautour. Je grimace. Je me contorsionne. Musiciens, s'il vous plaît, jouez votre csardas la plus effrénée ! Regardez mes mains, Schlemilovitch ! mes ongles de rapace ! Plus fort, musiciens, plus fort ! Je jette un regard venimeux sur le Watteau, le Philippe de Champaigne, je vais déchirer le

137

tapis de la Savonnerie avec mes griffes ! Lacérer les tableaux de maîtres ! Tout à l'heure, je parcourrai le château en glapissant d'une manière effroyable. Je renverserai les armures des croisés ! Quand j'aurai satisfait ma rage, je vendrai cette demeure ancestrale ! De préférence à un magnat sud-américain ! Le roi du guano, par exemple ! Avec l'argent je m'achèterai soixante paires de mocassins en crocodile, des costumes d'alpaga vert émeraude, trois manteaux de panthère, des chemises gaufrées à rayures orange ! J'entretiendrai trente maîtresses ! Yéménites, éthiopiennes, circassiennes ! Qu'en pensez-vous, Schlemilovitch ? Ne vous effrayez pas, mon garçon. Tout cela dissimule un grand sentimentalisme.

Il y eut un moment de silence. Lévy-Vendôme me fit signe de le suivre. Quand nous fûmes sur le perron du château, il murmura :

— Laissez-moi seul, je vous en prie. Partez immédiatement ! Les voyages forment la jeunesse. Vers l'est, Schlemilovitch, vers l'est ! Le pèlerinage aux sources : Vienne, Constantinople et les bords du Jourdain. Pour un peu, je vous accompagnerais ! Déguerpissez ! Quittez la France le plus vite possible. Ce pays vous a fait du mal ! Vous y preniez racine. N'oubliez pas que nous formons l'Internationale des fakirs et des prophètes ! N'ayez crainte, vous me verrez une fois encore ! On a besoin de moi à Constantinople pour réaliser l'arrêt gradué du cycle ! Les saisons changeront peu à peu, le printemps d'abord, puis l'été. Les astronomes et les météorologistes ne savent rien, croyez-m'en, Schlemilovitch ! Je disparaîtrai de l'Europe vers la fin du siècle et me rendrai dans la région des Himalayas. Je me reposerai. On me reverra d'ici quatre-vingt-cinq ans jour pour jour, avec des guiches et une barbe de rabbin. A bientôt. Je vous aime.

IV

Vienne. Les derniers tramways glissaient dans la nuit. Mariahilfer-Strasse, nous sentions la peur nous gagner. Encore quelques pas et nous nous retrouverions place de la Concorde. Prendre le métro, égrener ce chapelet rassurant : Tuileries, Palais-Royal, Louvre, Châtelet. Notre mère nous attendait, quai Conti. Nous boirions un tilleul menthe en regardant les ombres que projetait aux murs de notre chambre le bateau-mouche. Jamais nous n'avions autant aimé Paris, ni la France. Une nuit de janvier, ce peintre juif, notre cousin, titubait du côté de Montparnasse et murmurait, pendant son agonie : « *Cara, cara Italia.* » Le hasard l'avait fait naître à Livourne, il aurait pu naître à Paris, à Londres, à Varsovie, n'importe où. Nous étions nés à Boulogne-sur-Seine, Ile-de-

France. Loin d'ici, Tuileries. Palais-Royal. Louvre. Châtelet. L'exquise Mme de La Fayette. Choderlos de Laclos. Benjamin Constant. Ce cher Stendhal. Le destin nous avait joué un sale tour. Nous ne reverrions plus notre pays. Crever Mariahilfer-Strasse, Vienne, Autriche, comme des chiens perdus. Personne ne pouvait nous protéger. Notre mère était morte ou folle. Nous ne connaissions pas l'adresse de notre père à New York. Ni celle de Maurice Sachs. Ni celle d'Adrien Debigorre. Quant à Charles Lévy-Vendôme, inutile de nous rappeler à son bon souvenir. Tania Arcisewska était morte, parce qu'elle avait suivi nos conseils. Des Essarts était mort. Loïtia devait peu à peu s'habituer aux bordels exotiques. Les visages qui traversaient notre vie, nous ne prenions pas la peine de les étreindre, de les retenir, de les aimer. Incapables du moindre geste.

Nous arrivâmes au Burggarten et nous assîmes sur un banc. Nous entendîmes tout à coup le bruit d'une jambe de bois qui frappait le sol. Un homme s'avançait vers nous, un infirme monstrueux... Ses yeux étaient phosphorescents, sa mèche et sa petite moustache

Hitler

luisaient dans l'obscurité. Le rictus de sa bouche nous fit battre le cœur. Son bras gauche, qu'il tendait, se terminait par un crochet. Nous nous doutions bien que nous allions le rencontrer à Vienne. Fatalement. Il portait un uniforme de caporal autrichien pour nous effrayer encore plus. Il nous menaçait, il hurlait : « *Sechs Millionen Juden! Sechs Millionen Juden!* » Ses éclats de rire nous entraient dans la poitrine. Il essaya de nous crever les yeux à l'aide de son crochet. Nous prîmes la fuite. Il nous poursuivit en répétant : « *Sechs Millionen Juden! Sechs Millionen Juden!* » Nous courûmes longtemps à travers une ville morte, une ville d'Ys échouée sur la grève avec ses vieux palais éteints. Hofburg. Palais Kinsky. Palais Lobkowitz. Palais Pallavicini. Palais Porcia. Palais Wilczek... Derrière nous, le capitaine Crochet chantait d'une voix éraillée le *Hitlerleute* en martelant le pavé de sa jambe de bois. Il nous sembla que nous étions les seuls habitants de la ville. Après nous avoir tués, notre ennemi parcourrait ces rues désertes comme un fantôme, jusqu'à la fin des temps

Les lumières du Graben m'éclaircissent les

idées. Trois touristes américains me persuadent qu'Hitler est mort depuis longtemps. Je
les suis à quelques mètres de distance. Ils
prennent la Dorothea-Gasse et entrent dans le
premier café. Je me place au fond de la salle.
Je n'ai pas un schilling et je dis au garçon que
j'attends quelqu'un. Il m'apporte un journal,
en souriant. J'apprends que la veille, à
minuit, Albert Speer et Baldur von Schirach
sont sortis de la prison de Spandau, dans de
grosses Mercedes noires. Lors de sa conférence de presse à l'hôtel Hilton de Berlin,
Schirach a déclaré : « Désolé de vous avoir
fait attendre si longtemps. » Sur la photo, il
porte un pull-over col roulé. En cashmere
sans doute. *Made in Scotland*. Gentleman.
Jadis gauleiter de Vienne. Cinquante mille
juifs.

Une jeune femme brune, le menton appuyé
sur la paume de sa main. Je me demande ce
qu'elle fait là, seule, si triste parmi les
buveurs de bière. Sûrement, elle appartient à
cette race d'humains que j'ai élue entre

toutes : leurs traits sont durs et pourtant fragiles, on y lit une grande fidélité au malheur. Un autre que Raphaël Schlemilovitch prendrait ces anémiques par la main et les supplierait de se réconcilier avec la vie. Moi, les gens que j'aime, je les tue. Alors je les choisis bien faibles, sans défense. Par exemple, j'ai fait mourir ma mère de chagrin. Elle a montré une extraordinaire docilité. Elle me suppliait de soigner ma tuberculose. Je lui disais d'une voix sèche : « Une tuberculose, ça ne se soigne pas, ça se couve, on l'entretient comme une danseuse. » Ma mère penchait la tête. Plus tard, Tania me demande de la protéger. Je lui tends une lame de rasoir Gillette extra-bleue. Après tout, j'ai couru au-devant de ses désirs : elle se serait ennuyée en compagnie d'un gros vivant. Suicidée sournoisement pendant qu'il lui vantait le charme de la nature au printemps. Quant à Des Essarts, mon frère, mon seul ami, n'était-ce pas moi qui avais déréglé le frein de l'automobile pour qu'il puisse se fracasser le crâne en toute sécurité ?

La jeune femme me considère avec des yeux étonnés. Je me rappelle ce propos de

Lévy-Vendôme : entrer par effraction dans la vie des gens. Je m'assieds à sa table. Elle esquisse un sourire dont la mélancolie me ravit. Je décide aussitôt de lui faire confiance. Et puis elle est brune. La blondeur, la peau rose, les yeux de faïence me tapent sur les nerfs. Tout ce qui respire la santé et le bonheur me soulève l'estomac. Raciste à ma façon. On excusera ces préjugés de la part d'un juif tuberculeux.

— Vous venez ? me dit-elle.

Il y a tant de gentillesse dans sa voix que je me promets d'écrire un beau roman et de le lui dédier : « Schlemilovitch au pays des femmes. » J'y montrerai comment un petit juif se réfugie chez les femmes aux heures de détresse. Sans elles, le monde serait intenable. Trop sérieux, les hommes. Trop absorbés par leurs belles abstractions, leurs vocations : la politique, l'art, l'industrie des textiles. Il faut qu'ils vous estiment avant de vous aider. Incapables d'un geste désintéressé. Raisonnables. Lugubres. Avares. Prétentieux. Les hommes me laisseraient mourir de faim.

Nous quittâmes la Dorothea-Gasse. A partir de ce moment, mes souvenirs sont flous. Nous remontons le Graben, tournons à gauche. Nous entrons dans un café beaucoup plus grand que le premier. Je bois, je mange, je me refais une santé, tandis qu'Hilda — c'est son nom — me caresse des yeux. Autour de nous, chaque table est occupée par plusieurs femmes. Des putains. Hilda est une putain. Elle vient de trouver en la personne de Raphaël Schlemilovitch son proxénète. A l'avenir, je l'appellerai Marizibill : quand Apollinaire parlait du « maquereau juif, roux et rose », il pensait à moi. Je suis le maître du lieu : le garçon qui m'apporte les alcools ressemble à Lévy-Vendôme. Les soldats allemands viennent se consoler dans mon établissement avant de repartir sur le front russe. Heydrich lui-même me rend quelquefois visite. Il a un faible pour Tania, Loïtia et Hilda, mes plus belles putains. Il n'éprouve aucun dégoût quand il se vautre sur Tania, la juive. De toute façon Heydrich est demi-juif, Hitler a passé l'éponge devant le zèle de son

147

lieutenant. De même, m'a-t-on épargné, moi, Raphaël Schlemilovitch, le plus grand proxénète du IIIe Reich. Mes femmes m'ont servi de rempart. Grâce à elles, je ne connaîtrai pas Auschwitz. Si, d'aventure, le gauleiter de Vienne changeait d'avis à mon sujet, Tania, Loïtia et Hilda rassembleraient en une journée l'argent de ma rançon. J'imagine que cinq cent mille marks suffiraient, compte tenu qu'un juif ne vaut pas la corde pour le pendre. La Gestapo fermerait les yeux et me laisserait fuir en Amérique du Sud. Inutile de songer à cette éventualité : grâce à Tania, Loïtia et Hilda, j'ai beaucoup d'influence sur Heydrich. Elles obtiendront de lui un papier contresigné par Himmler et certifiant que je suis citoyen d'honneur du IIIe Reich. Le Juif Indispensable. Tout s'arrange quand les femmes vous protègent. Depuis 1935, je suis l'amant d'Eva Braun. Le chancelier Hitler la laissait toujours seule à Berchtesgaden. J'ai tout de suite pensé aux avantages que je pourrais tirer d'une telle situation.

Je rôdais autour de la villa Berghof quand j'ai rencontré Eva pour la première fois. Le coup de foudre réciproque. Hitler vient dans l'Obersalzberg une fois par mois. Nous nous entendons très bien. Il accepte de bon cœur mon rôle de chevalier servant auprès d'Eva. Tout cela lui semble si futile... Le soir, il nous parle de ses projets. Nous l'écoutons, comme deux enfants. Il m'a nommé S.S. Brigadenführer à titre honorifique. Il faudra que je retrouve cette photo d'Eva Braun où elle a écrit : « *Für mein kleiner Jude, mein geliebter Schlemilovitch. — Seine Eva.* »

Hilda pose doucement la main sur mon épaule. Il est tard, les clients ont quitté le café. Le garçon lit *Der Stern* au comptoir. Hilda se lève et glisse une pièce dans la fente du juke-box. Aussitôt la voix de Zarah Leander me berce comme un fleuve rauque et doux. Elle chante *Ich stehe im Regen —* J'attends sous la pluie. Elle chante *Mit roten Rosen fangt die Liebe meistens an —* L'amour commence toujours avec des roses rouges. Il finit souvent avec des lames de rasoir Gillette extra-bleues. Le garçon nous prie de quitter le café. Nous descendons une avenue désolée. Où suis-je ? Vienne ? Genève ? Paris ? Et cette femme qui me retient par le bras s'appelle-t-elle Tania, Loïtia, Hilda, Eva Braun ? Plus tard, nous nous trouvons au milieu d'une place, devant une sorte de basilique illuminée. Le Sacré-Cœur ? Je m'effondre sur la banquette d'un ascenseur hydraulique. On ouvre une porte. Une grande chambre aux murs blancs. Un lit à baldaquin. Je me suis endormi.

Le lendemain je fis la connaissance d'Hilda, ma nouvelle amie. En dépit de ses cheveux noirs et de son visage frêle, c'était une petite Aryenne mi-allemande mi-autrichienne. Elle tira d'un portefeuille plusieurs photographies de son père et de sa mère. Morts tous les deux. Le premier à Berlin sous les bombardements, la seconde éventrée par les Cosaques. Je regrettais de n'avoir pas connu M. Murzzuschlag, S.S. rigide, mon futur beau-père peut-être. La photo de son mariage me plut bien : Murzzuschlag et sa jeune épouse, arborant le brassard à croix gammée. Une autre photo me ravit : Murzzuschlag à Bruxelles éveillant l'intérêt des badauds grâce à son uniforme impeccable et à son menton méprisant. Ce type n'était pas n'importe qui : copain de Rudolph Hess et de Goebbels, à tu et à toi avec Himmler. Hitler lui-même avait déclaré en lui donnant la Croix pour le Mérite : « Skorzeny et Murzzuschlag ne me déçoivent jamais. »

Pourquoi n'avais-je pas rencontré Hilda dans les années trente ? Mme Murzzuschlag me prépare des kneudel, son mari me tapote affectueusement les joues et me dit :

— Vous êtes juif ? Nous allons arranger ça, mon garçon ! Épousez ma fille ! je m'occupe du reste ! *Der treue Heinrich*[1] se montrera compréhensif.

Je le remercie, mais je n'ai pas besoin de son appui : amant d'Eva Braun, confident d'Hitler, je suis depuis longtemps le juif officiel du IIIe Reich. Jusqu'à la fin, je passerai mes week-ends dans l'Obersalzberg et les dignitaires nazis me témoigneront le plus profond respect.

1. Himmler.

La chambre d'Hilda se trouvait au dernier étage d'un vieil hôtel particulier, Backer-Strasse. Elle était remarquable par sa grandeur, sa hauteur, son lit à baldaquin et sa baie vitrée. Au centre une cage avec un rossignol juif. Un cheval de bois, au fond à gauche. Quelques kaléidoscopes géants de-ci de-là. Ils portaient la mention « Schlemilovitch Ltd., New York ».

— Un juif, certainement! me confia Hilda. N'empêche il fabrique de beaux kaléidoscopes. Je raffole des kaléidoscopes. Regardez dans celui-ci, Raphaël! Un visage humain composé de mille facettes lumineuses et qui change sans arrêt de forme...

Je voulus lui confier que mon père était l'auteur de ces petits chefs-d'œuvre mais elle me dit du mal des juifs. Ils exigeaient des indemnités sous prétexte que leurs familles avaient été exterminées dans les camps; ils saignaient l'Allemagne aux quatre veines. Ils roulaient au volant des Mercedes, buvaient du champagne, pendant que les pauvres Allemands travaillaient à la reconstruction de leur pays et vivaient

chichement. Ah ! les vaches ! Après avoir
perverti l'Allemagne, ils la maquereautaient.

Les juifs avaient gagné la guerre, tué son
père, violé sa mère, elle n'en démordrait pas.
Mieux valait attendre quelques jours encore
pour lui montrer mon arbre généalogique.
Jusque-là, j'incarnerai à ses yeux le charme
français, les mousquetaires gris, l'impertinence, l'élégance, l'esprit *made in Paris*.
Hilda ne m'avait-elle pas complimenté sur la
façon harmonieuse dont je parlais français ?

— Jamais, répétait-elle, je n'ai entendu un
Français parler aussi bien que vous sa langue
maternelle.

— Je suis tourangeau, lui expliquais-je.
Les Tourangeaux parlent le français le plus
pur. Je m'appelle Raphaël de Château-Chinon, mais ne le dites à personne : j'ai avalé
mon passeport afin de garder l'incognito.
Autre chose : en bon Français je trouve la
cuisine autrichienne IN-FEC-TE ! Quand je
pense aux canards à l'orange, aux nuits-saint-
georges, aux sauternes et à la poularde de
Bresse ! Hilda, je vous emmènerai en France,
question de vous dégrossir un peu ! Hilda,
vive la France ! Vous êtes des sauvages !

Elle tentait de me faire oublier la grossiè-
reté austro-germaine en me parlant de
Mozart, Schubert, Hugo von Hofmannsthal.
— Hofmannsthal ? lui disais-je. Un juif,
ma petite Hilda ! L'Autriche est une colonie
juive. Freud, Zweig, Schnitzler, Hofmannsthal, le ghetto ! Je vous défie de me citer le
nom d'un grand poète tyrolien ! En France,
nous ne nous laissons pas envahir comme
cela. Les Montaigne, Proust, Louis-Ferdinand Céline ne parviennent pas à enjuiver
notre pays. Ronsard et Du Bellay sont là. Ils
veillent au grain ! D'ailleurs, ma petite Hilda,
nous, Français, ne faisons aucune différence
entre les Allemands, les Autrichiens, les
Tchèques, les Hongrois et autres Juifs. Ne
me parlez surtout pas de votre papa, le S.S.
Murzzuschlag, ni des nazis. Tous juifs, ma
petite Hilda, les nazis sont des juifs de choc !
Pensez à Hitler, ce pauvre petit caporal qui
errait dans les rues de Vienne, vaincu, transi,
crevant de faim ! Vive Hitler !
Elle m'écoutait, les yeux écarquillés. Bientôt je lui dirais d'autres vérités plus brutales.
Je lui révélerais mon identité. Je choisirais le
moment opportun et lui glisserais à l'oreille la

déclaration que faisait a la fille de l'Inquisiteur le chevalier inconnu :

> *Ich, Señora, eur Geliebter,*
> *Bin der Sohn des vielbelobten*
> *Grossen, schriftegelehrten Rabbi*
> *Israel von Saragossa.*

Hilda n'avait certainement pas lu le poème
de Heine.

Le soir, nous allions souvent au Prater. Les
foires m'impressionnent.

— Vous voyez Hilda, lui expliquai-je, les
foires sont horriblement tristes. La rivière
enchantée par exemple : vous montez sur une
barque avec quelques camarades, vous vous
laissez emporter par le flot, à l'arrivée vous
recevez une balle dans la nuque. Il y a aussi la
galerie des glaces, les montagnes russes, le
manège, les tirs à l'arc. Vous vous plantez
devant les glaces déformantes et votre visage
décharné, votre poitrine squelettique vous
terrifient. Les bennes des montagnes russes

déraillent systématiquement et vous vous fracassez la colonne vertébrale. Autour du manège, les archers forment une ronde et vous transpercent l'épine dorsale au moyen de petites fléchettes empoisonnées. Le manège ne s'arrête pas de tourner, les victimes tombent des chevaux de bois. De temps en temps le manège se bloque à cause des monceaux de cadavres. Alors les archers font place nette pour les nouveaux venus. On prie les badauds de se rassembler en petits groupes à l'intérieur des stands de tir. Les archers doivent viser entre les deux yeux mais, quelquefois la flèche s'égare dans une oreille, un œil, une bouche entrouverte. Quand les archers visent juste, ils obtiennent cinq points. Quand la flèche s'égare, cela compte cinq points en moins. L'archer qui a obtenu le total le plus élevé reçoit d'une jeune fille blonde et poméranienne une décoration en papier argent et une tête de mort en chocolat. J'oubliais de vous parler des pochettes-surprises que l'on vend dans les stands de confiserie : l'acheteur y trouve toujours quelques cristaux bleu améthyste de cyanure, avec leur mode d'emploi : « *Na, friss schon*[1] *!* » Des pochettes de cyanure pour tout le monde ! Six millions ! Nous sommes heureux à Therensienstadt...

A côté du Prater, il y a un grand parc où se promènent les amoureux ; le soir tombait, j'ai entraîné Hilda sous les feuillages, près des massifs de fleurs, des pelouses bleutées. Je l'ai giflée trois fois de suite. Ça m'a fait plaisir de voir le sang couler à la commissure de ses lèvres. Vraiment plaisir. Une Allemande. Amoureuse en d'autres temps d'un jeune S.S. Totenkopf. Je suis rancunier.

Maintenant je me laisse glisser sur la pente des aveux. Je ne ressemble pas à Gregory Peck, comme je l'ai affirmé plus haut. Je n'ai pas la santé ni le *keep smiling* de cet Américain. Je ressemble à mon cousin, le peintre juif Modigliani. On l'appelait « le Christ toscan ». J'interdis l'usage de ce sobriquet quand on voudra faire allusion à ma belle tête de tuberculeux.

Eh bien, non, je ne ressemble pas plus à Modigliani qu'à Gregory Peck. Je suis le sosie de Groucho Marx : les mêmes yeux, le même

---

1. « Allez, bouffe ! »

nez, la même moustache. Pis encore, je suis le frère jumeau du juif Süss. Il fallait à tout prix qu'Hilda s'en aperçût. Depuis une semaine, elle manquait de fermeté à mon égard.

Dans sa chambre traînait l'enregistrement du *Horst-Wessel Lied* et de l'*Hitlerleute,* qu'elle conservait en souvenir de son père. Les vautours de Stalingrad et le phosphore de Hambourg rongeront les cordes vocales de ces guerriers. Chacun son tour. Je me procurai deux tourne-disques. Pour composer mon *Requiem judéo-nazi* je fis jouer simultanément le *Horst-Wessel Lied* et l'*Einheitsfront* des brigades internationales. Ensuite, je mêlai à l'*Hitlerleute* l'hymne de la Thaelmann Kolonne qui fut le dernier cri des juifs et des communistes allemands. Et puis, tout à la fin du *Requiem,* le *Crépuscule des dieux* de Wagner évoquait Berlin en flammes, le destin tragique du peuple allemand, tandis que la litanie pour les morts d'Auschwitz rappelait les fourrières où l'on avait conduit six millions de chiens.

Hilda ne travaille pas. Je m'enquiers de ses sources de revenus. Elle m'explique qu'elle a vendu pour vingt mille schillings le mobilier Bidermaier d'une tante décédée. Il ne lui reste plus que le quart de cette somme.

Je lui fais part de mes inquiétudes.

— Rassurez-vous, Raphaël, me dit-elle.

Elle se rend chaque soir au Bar Bleu de l'hôtel Sacher. Elle avise les clients les plus prospères et leur vend ses charmes. Au bout de trois semaines, nous sommes en possession de quinze cents dollars. Hilda prend goût à cette activité. Elle y trouve une discipline et l'esprit de sérieux qui lui manquaient jusque-là.

Elle fait tout naturellement la connaissance de Yasmine. Cette jeune femme hante aussi l'hôtel Sacher et propose aux Américains de passage ses yeux noirs, sa peau mate, sa langueur orientale.

Elles échangent d'abord quelques réflexions sur leurs activités parallèles, puis deviennent les meilleures amies du monde.

Yasmine s'installe Backer-Strasse, le lit à baldaquin suffisant pour trois personnes.

Des deux femmes de ton harem, de ces deux gentilles putains, Yasmine fut bientôt la favorite. Elle te parlait d'Istanbul, sa ville natale, du pont de Galata et de la mosquée Validi. Une envie furieuse te prit de gagner le Bosphore. A Vienne, l'hiver commençait et tu n'en sortirais pas vivant. Quand les premières neiges se mirent à tomber, tu serras de plus près le corps de ton amie turque. Tu quittas Vienne et visitas tes cousins de Trieste, les fabricants de cartes à jouer. Ensuite, un petit crochet par Budapest. Plus de cousins à Budapest. Liquidés. A Salonique, berceau de ta famille, tu remarquas la même désolation, la colonie juive de cette ville avait vivement intéressé les Allemands. A Istanbul, tes cousines Sarah, Rachel, Dinah et Blanca fêtèrent le retour de l'enfant prodigue. Tu repris goût à la vie et au rahat-loukoum. Déjà tes cousins du Caire t'attendaient avec impatience.

Ils te demandèrent des nouvelles de nos cousins exilés de Londres, de Paris et de Caracas.

Tu restas quelque temps en Égypte. Comme tu n'avais plus un sou, tu organisas à Port-Saïd une fête foraine où tu exhibas tous tes vieux copains. A raison de vingt dinars par personne, les badauds pouvaient voir Hitler déclamer dans une cage le monologue d'*Hamlet*, Goering et Rudolph Hess faire un numéro de trapèze, Himmler et ses chiens savants, le charmeur de serpents Goebbels, von Schirach l'avaleur de sabre, le juif errant Julius Streicher. Un peu plus loin tes danseuses, les « Collabo's Beauties », improvisaient une revue « orientale » : il y avait là Robert Brasillach, costumé en sultane, la bayadère Drieu la Rochelle, Abel Bonnard la vieille gardienne des sérails, les vizirs sanguinaires Bonny et Laffont, le missionnaire Mayol de Lupé. Tes chanteurs des Vichy-Folies jouaient une opérette à grand spectacle : on remarquait dans la troupe un Maréchal, les amiraux Esteva, Bard, Platon, quelques évêques, le brigadier Darnand et le prince félon Laval. Néanmoins la baraque la plus fréquentée était celle où l'on déshabillait ton ancienne maîtresse Eva Braun. Elle avait encore de beaux restes. Les amateurs pouvaient s'en rendre compte, à raison de cent dinars chacun.

Au bout d'une semaine, tu abandonnas tes chers fantômes en emportant l'argent de la recette. Tu traversas la mer Rouge, gagnas la Palestine et mourus d'épuisement. Voilà, tu avais achevé ton itinéraire de Paris à Jérusalem.

A elles deux, mes amies gagnaient trois mille schillings par nuit. La prostitution et le proxénétisme me semblèrent tout à coup de bien misérables artisanats quand on ne les pratiquait pas à l'échelle d'un Lucky Luciano. Malheureusement je n'avais pas l'étoffe de ce capitaine d'industrie.

Yasmine me fit connaître quelques individus douteux : Jean-Farouk de Mérode, Paulo Hayakawa, la vieille baronne Lydia Stahl, Sophie Knout, Rachid von Rosenheim, M. Igor, T.W.A. Levy, Otto da Silva et d'autres encore dont j'ai oublié les noms. Je fis avec tous ces lascars le trafic d'or, écoulai de faux zlotys, vendis à qui désirait les brouter de mauvaises herbes comme le haschisch et la marijuana. Enfin je m'engageai dans la Gestapo française. Matricule S. 1113. Rattaché aux services de la rue Lauriston.

La Milice m'avait déçu. Je n'y rencontrais que des boy-scouts qui ressemblaient aux braves petits gars de la Résistance. Darnand était un fieffé idéaliste.

Je me sentis plus à l'aise en compagnie de Pierre Bonny, d'Henri Chamberlin-Laffont et de leurs acolytes. Et puis je retrouvai, rue Lauriston, mon professeur de morale, Joseph Joanovici.

Pour les tueurs de la Gestapo, nous étions, Joano et moi, les deux juifs de service. Le troisième se trouvait à Hambourg. Il s'appelait Maurice Sachs.

On se lasse de tout. J'ai fini par quitter mes deux amies et ce joyeux petit monde interlope qui compromettait ma santé. J'ai suivi une

163

avenue jusqu'au Danube. Il faisait nuit, la neige tombait avec gentillesse. Allais-je me jeter ou non dans ce fleuve ? Le Franz-Josefs-Kai était désert, de je ne sais où me parvenaient les bribes d'une chanson : *Weisse Weihnacht*, mais oui, les gens fêtaient Noël. Miss Evelyn me lisait Dickens et Andersen. Quel émerveillement, le lendemain matin, de trouver au pied de l'arbre des jouets par milliers ! Tout cela se passait dans la maison du quai Conti, au bord de la Seine. Enfance exceptionnelle, enfance exquise dont je n'ai plus le temps de vous parler. Un plongeon élégant dans le Danube, la nuit de Noël ? Je regrettais de n'avoir pas laissé un mot d'adieu à Hilda et Yasmine. Par exemple : « Je ne rentrerai pas ce soir, car la nuit sera noire et blanche. » Tant pis. Je me consolais en me disant que ces putains n'avaient pas lu Gérard de Nerval. Heureusement, à Paris, on ne manquerait pas de dresser un parallèle entre Nerval et Schlemilovitch, les deux suicidés de l'hiver. J'étais incorrigible. Je tentais de m'approprier la mort d'un autre comme j'avais voulu m'approprier les stylos de Proust et de Céline, les pinceaux de Modigliani et de

Soutine, les grimaces de Groucho Marx et de Chaplin. Ma tuberculose ? Ne l'avais-je pas volée à Franz Kafka ? Je pouvais encore changer d'avis et mourir comme lui au sanatorium de Kierling, tout près d'ici. Nerval ou Kafka ? Le suicide ou le sanatorium ? Non, le suicide ne me convenait pas, un juif n'a pas le droit de se suicider. Il faut laisser ce luxe à Werther. Alors que faire ? Me présenter au sanatorium de Kierling ? Étais-je sûr d'y mourir, comme Kafka ?

Je ne l'ai pas entendu s'approcher de moi. Il me tend brutalement une petite plaque où je lis : POLIZEI. Il me demande mes papiers. Je les ai oubliés. Il me prend par le bras. Je lui demande pourquoi il ne me met pas les menottes. Il a un petit rire rassurant :

— Mais voyons, monsieur, vous êtes ivre. Les fêtes de Noël sans doute ! Allons, allons, je vais vous ramener à la maison ! Où habitez-vous ?

Je refuse obstinément de lui indiquer mon adresse.

— Eh bien, je me vois dans l'obligation de vous conduire au poste de police.

La gentillesse apparente de ce policier me

tape sur les nerfs. J'ai deviné qu'il appartient à la Gestapo. Pourquoi ne me l'avoue-t-il pas une fois pour toutes ? Peut-être s'imagine-t-il que je vais me débattre, hurler comme un porc qu'on égorge ? Mais non. Le sanatorium de Kierling ne vaut pas la clinique dans laquelle va me conduire ce brave homme. Au début, il y aura les formalités d'usage : on me demandera mon nom, mon prénom, ma date de naissance. On s'assurera que je suis bien malade en me faisant passer un test insidieux. Ensuite, la salle d'opération. Allongé sur le billard, j'attendrai avec impatience mes chirurgiens, les professeurs Torquemada et Ximénès. Ils me tendront une radiographie de mes poumons et je verrai que ceux-ci ne sont plus que d'épouvantables tumeurs en forme de pieuvre.

— Voulez-vous oui ou non qu'on vous opère ? me demandera d'une voix calme le professeur Torquemada.

— Il suffirait de vous greffer deux poumons en acier, m'expliquera gentiment le professeur Ximénès.

— Nous avons une très grande conscience professionnelle, me dira le professeur Torquemada.

— Doublée du très vif intérêt que nous portons à votre santé, poursuivra le professeur Ximénès.

— Malheureusement, la plupart de nos clients aiment leur maladie d'un amour féroce et nous considèrent non pas comme des chirurgiens...

— Mais comme des tortionnaires.

— Les malades sont souvent injustes envers leurs médecins, ajoutera le professeur Ximénès.

— Nous devons les soigner contre leur gré, dira le professeur Torquemada.

— Une tâche bien ingrate, ajoutera le professeur Ximénès.

— Savez-vous que certains malades de notre clinique ont créé des syndicats ? me demandera le professeur Torquemada. Ils ont décidé de faire la grève, de refuser nos soins...

— Une grave menace pour le corps médical, ajoutera le professeur Ximénès. D'autant plus que la fièvre syndicaliste gagne tous les secteurs de notre clinique.

— Nous avons chargé le professeur Himmler, un praticien très scrupuleux, de mater cette rébellion. Il administre l'euthanasie à tous les syndicalistes, systématiquement.

— Alors que décidez-vous, me demandera le professeur Torquemada, l'opération ou l'euthanasie ?

— Il ne peut pas y avoir d'autres solutions.

Les choses ne se déroulèrent pas comme je l'avais prévu. Le policier me tenait toujours par le bras en affirmant qu'il me conduisait au commissariat le plus proche pour une simple vérification d'identité. Quand j'entrai dans son bureau, le commissaire, un S.S. cultivé, qui avait lu les poètes français, me demanda :

— Dis, qu'as-tu fait, toi que voilà, de ta jeunesse ?

Je lui expliquai comment je l'avais gâchée. Et puis je lui parlai de mon impatience : à l'âge où d'autres préparent leur avenir, je ne pensais qu'à me saborder. C'était, par exemple, gare de Lyon, sous l'occupation allemande. Je devais prendre un train qui m'emmènerait loin du malheur et de l'inquiétude.

Les voyageurs faisaient queue aux guichets. Il m'aurait suffi d'attendre une demi-heure pour obtenir un ticket. Mais non, je suis monté en première classe, sans ticket, comme un imposteur. Lorsque, à Chalon-sur-Saône, les contrôleurs allemands ont visité le compartiment, ils m'ont appréhendé. J'ai tendu les poignets. Je leur ai dit qu'en dépit de mes faux papiers au nom de Jean Cassis de Coudray-Macouard, j'étais JUIF. Quel soulagement !

— Ensuite, ils m'ont conduit devant vous, monsieur le commissaire. Décidez de mon sort. Je vous promets la plus grande docilité.

Le commissaire me sourit gentiment, me tapote la joue et me demande si vraiment je suis tuberculeux.

— Cela ne m'étonne pas, me déclare-t-il. A votre âge, tout le monde est tuberculeux. Il faut absolument guérir, ou alors on crache le sang, on se traîne pendant toute sa vie. Voilà ce que j'ai décidé : si vous étiez né plus tôt, je vous aurais envoyé à Auschwitz soigner votre tuberculose. Mais maintenant nous vivons dans un temps plus civilisé. Tenez, voici un billet pour Israël. Il paraît que là-bas les juifs...

La mer était d'un bleu d'encre et Tel-Aviv blanche, si blanche. Quand le bateau accosta, les battements réguliers de son cœur lui firent bien sentir qu'il retrouvait la terre ancestrale après deux mille ans d'absence. Il s'était embarqué à Marseille sur un paquebot de la Compagnie nationale israélienne. Pendant toute la traversée, il s'efforçait de calmer son anxiété en s'abrutissant d'alcool et de morphine. Maintenant que Tel-Aviv s'étalait devant lui, il pouvait mourir, le cœur pacifié.

La voix de l'amiral Levy le tira de ses songes :

— Content de la traversée, jeune homme ? C'est la première fois que vous venez en Israël ? Notre pays vous enthousiasmera. Un pays épatant, vous verrez. Les garçons de votre âge ne peuvent pas rester insensibles à ce prodigieux dynamisme qui, de Haïfa à Eilat, de Tel-Aviv à la mer Morte...

— Je n'en doute pas, amiral.

— Vous êtes français ? Nous aimons beaucoup la France, ses traditions libérales, la douceur de l'Anjou, de la Touraine, les parfums de Provence. Et votre hymne national, quelle merveille ! « Allons enfants de la patrie ! » Admirable ! Admirable !

— Je ne suis pas tout à fait français, amiral, je suis JUIF français. JUIF français.

L'amiral Levy le considéra avec hostilité. L'amiral Levy ressemblait comme un frère à l'amiral Dœnitz. L'amiral Levy finit par lui dire d'une voix sèche :

— Suivez-moi, je vous prie.

Il le fit entrer dans une cabine hermétiquement close.

— Je vous conseille d'être sage. On s'occupera de vous en temps voulu.

L'amiral éteignit l'électricité et ferma la porte à double tour.

Il resta près de trois heures dans l'obscurité totale. Seule la faible luminosité de sa montre-bracelet le reliait encore au monde. La porte s'ouvrit brusquement et ses yeux furent éblouis par l'ampoule qui

171

pendait au plafond. Trois hommes vêtus d'imperméables verts se dirigeaient vers lui L'un d'eux lui tendit une carte :

— Elias Bloch, de la Police secrète d'État. Vous êtes juif français ? Parfait ! qu'on lui mette les menottes !

Un quatrième comparse, qui portait le même imperméable que les autres, entra dans la cabine.

— La perquisition a été fructueuse. Plusieurs volumes de Proust et de Kafka, des reproductions de Modigliani et de Soutine, quelques photograpies de Charlie Chaplin, d'Eric von Stroheim et de Groucho Marx dans les bagages de ce monsieur.

— Décidément, lui dit le dénommé Elias Bloch, votre cas devient de plus en plus grave ! Emmenez-le !

Ils le poussèrent hors de la cabine. Les menottes lui brûlaient les poignets. Sur le quai il fit un faux pas et s'écroula. L'un des policiers profita de l'occasion pour lui donner quelques coups de pied dans les côtes, puis le releva en tirant sur la chaîne des menottes. Ils traversèrent les docks déserts. Un panier à salade, semblable à ceux que la police française utilisa pour la grande rafle des 16-17 juillet 1942, était arrêté au coin d'une rue. Elias Bloch prit place à côté du chauffeur. Il monta derrière, suivi des trois policiers.

Le panier à salade s'engagea dans l'avenue des Champs-Élysées. On faisait queue devant les cinémas. A la terrasse du *Fouquet's*, les femmes portaient des robes claires. C'était donc un samedi soir de printemps.

Ils s'arrêtèrent place de l'Étoile. Quelques G.I.'s photographiaient l'Arc de Triomphe, mais il n'éprouva pas le besoin de les appeler à son secours. Bloch lui saisit le bras et lui fit traverser la place. Les quatre policiers marchaient à quelques mètres derrière eux.

— Alors, vous êtes juif français ? lui demanda Bloch en rapprochant son visage du sien.

Il ressemblait tout à coup à Henri Chamberlin-Laffont de la Gestapo française.

On le poussa dans une traction noire qui stationnait avenue Kléber.

— Tu vas passer à la casserole, dit le policier qui se tenait à sa droite.

— A tabac, n'est-ce pas, Saül ? dit le policier qui se tenait à sa gauche.

— Oui, Isaac. Il va passer à tabac, dit le policier qui conduisait.

— Je m'en charge.

— Non, moi ! j'ai besoin d'exercice, dit le policier qui se tenait à sa droite.

— Non, Isaac ! A mon tour. Hier soir, tu t'en es donné à cœur joie avec le juif anglais. Celui-là m'appartient.

— Il paraît que c'est un juif français.

— Drôle d'idée. Si on l'appelait Marcel Proust ?

Isaac lui donna un violent coup de poing à l'estomac.

— A genoux, Marcel ! A genoux !

Il s'exécuta avec docilité. Il était gêné par le siège arrière de la voiture. Isaac le gifla six fois de suite.

— Tu saignes, Marcel : ça veut dire que tu es encore vivant.

Saül brandissait une courroie de cuir.

— Attrape, Marcel Proust, lui dit-il.

Il reçut le coup sur la pommette gauche et faillit s'évanouir.

— Pauvre petit morveux, lui dit Isaïe. Pauvre petit juif français.

Ils passèrent devant l'hôtel Majestic. Les

fenêtres de la grande bâtisse étaient obscures.
Pour se rassurer, il se dit qu'Otto Abetz,
flanqué de tous les joyeux drilles de la Collaboration, l'attendait dans le hall et qu'il
présiderait un dîner franco-allemand. Après
tout, n'était-il pas le juif officiel du IIIe
Reich ?

— Nous allons te faire visiter le quartier,
lui dit Isaïe.

— Il y a beaucoup de monuments histori-
ques par ici, lui dit Saül.

— Nous nous arrêterons chaque fois pour
que tu puisses les admirer, lui dit Isaac.

Ils lui montrèrent les locaux réquisitionnés
par la Gestapo. 31 *bis* et 72 avenue Foch.
57 boulevard Lannes. 48 rue de Villejust.
101 avenue Henri-Martin. 3 et 5 rue Mallet-
Stevens. 21 et 23 square du Bois-de-Bou-
logne. 25 rue d'Astorg. 6 rue Adolphe-Yvon.
64 boulevard Suchet. 49 rue de la Faisande-
rie. 180 rue de la Pompe.

Quand ils eurent achevé cet itinéraire tou-
ristique, ils revinrent dans le secteur Kléber-
Boissière.

— Que penses-tu du XVIe arrondisse-
ment ? lui demanda Isaïe.

— C'est le quartier le plus malfamé de Paris, lui dit Saül.

— Et maintenant, chauffeur, au 93 rue Lauriston, s'il vous plaît, dit Isaac.

Il se sentit rassuré. Ses amis Bonny et Chamberlin-Laffont ne manqueraient pas de mettre un terme à cette mauvaise plaisanterie. Il sablerait comme chaque soir le champagne en leur compagnie. René Launay, chef de la Gestapo de l'avenue Foch, « Rudy » Martin de la Gestapo de Neuilly, Georges Delfanne, de l'avenue Henri-Martin et Odicharia de la Gestapo « géorgienne » se joindraient à eux. Tout rentrerait dans l'ordre.

Isaac sonna à la porte du 93 rue Lauriston. La maison semblait abandonnée.

— Le patron doit nous attendre 3 *bis* place des États-Unis pour le passage à tabac, dit Isaïe.

Bloch faisait les cent pas sur le trottoir. Il ouvrit la porte du 3 *bis* et l'entraîna à sa suite.

Il connaissait bien cet hôtel particulier. Ses amis Bonny et Chamberlin-Laffont y avaient aménagé huit cellules et deux chambres de torture, le local de la rue Lauriston servant de P.C. administratif.

Ils montèrent au quatrième étage. Bloch ouvrit une fenêtre.

— La place des États-Unis est bien calme, lui dit-il. Regardez, mon jeune ami, comme les réverbères jettent une lumière douce sur les feuillages. La belle nuit de mai que voilà ! Et dire que nous devons vous passer à tabac ! Le supplice de la baignoire, figurez-vous ! Quelle tristesse ! Un verre de curaçao pour vous donner des forces ? Une Craven ? Ou bien préférez-vous un peu de musique ? Tout à l'heure nous vous ferons entendre une vieille chanson de Charles Trenet. Elle couvrira vos cris. Les voisins sont délicats. Ils préfèrent certainement la voix de Trenet à celle des suppliciés.

Saül, Isaac et Isaïe entrèrent. Ils n'avaient pas quitté leurs imperméables verts. Il remarqua tout à coup la baignoire au milieu de la pièce.

— Elle a appartenu à Émilienne d'Alençon, lui dit Bloch avec un sourire triste. Admirez, mon jeune ami, la qualité de l'émail. Les motifs floraux ! Les robinets en platine !

Isaac lui tint les bras derrière le dos, tandis

qu'Isaïe lui passait les menottes. Saül mit en marche le phonographe. Il reconnut aussitôt la voix de Charles Trenet :

Formidable,
J'entends le vent sur la mer
Formidable
Je vois la pluie, les éclairs,
Formidable
Je sens qu'il va bientôt faire
qu'il va faire
Un orage
Formidable...

Bloch, assis sur le rebord de la fenêtre, battait la mesure.

On me plongea la tête dans l'eau glacée. Mes poumons éclateraient d'un moment à l'autre. Les visages que j'avais aimés défilèrent très vite. Ceux de ma mère et de mon père. Celui de mon vieux professeur de lettres Adrien Debigorre. Celui de l'abbé Perrache.

Celui du colonel Aravis. Et puis, ceux de toutes mes gentilles fiancées : j'en avais une dans chaque province. Bretagne. Normandie. Poitou. Corrèze. Lozère. Savoie... Même en Limousin. A Bellac. Si ces brutes me laissaient la vie sauve j'écrirais un beau roman : « Schlemilovitch et le Limousin », où je montrerais que je suis un juif parfaitement assimilé.

On me tira par les cheveux. J'entendis de nouveau Charles Trenet :

> ... *Formidable,*
> *On se croirait au ciné*
> *Matographe*
> *Où l'on voit tant de belles choses,*
> *Tant de trucs, de métamorphoses,*
> *Quand une rose*
> *est assassinée...*

— La seconde immersion durera plus longtemps, me dit Bloch en essuyant une larme.

Cette fois-ci, deux mains me pressèrent la

179

nuque, deux autres l'occiput. Avant de mourir suffoqué, je pensai que je n'avais pas toujours été très gentil avec Maman.

On finit pourtant par me ramener à l'air libre. Trenet chantait à ce moment-là :

> *Et puis*
> *et puis*
> *sur les quais*
> *la pluie*
> *la pluie*
> *n'a pas compliqué*
> *la vie*
> *qui rigole*
> *et qui se mire dans les flaques des rigoles...*

— Maintenant passons aux choses sérieuses, dit Bloch en étouffant un sanglot.

Ils m'allongèrent à même le sol. Isaac sortit de sa poche un canif suisse et me fit de profondes coupures à la plante des pieds. Ensuite il m'ordonna de marcher sur un tas de sel. Ensuite Saül m'arracha consciencieusement trois ongles. Ensuite Isaïe me lima les dents. A ce moment-là, Trenet chantait :

Quel temps
pour les p'tits poissons
Quel temps
pour les grands garçons
Quel temps
pour les tendrons
Mesdemoiselles nous vous attendrons...

— Je crois que cela suffit pour cette nuit, dit Elias Bloch en me lançant un regard attendri.

Il me caressa le menton.

— Vous vous trouvez au dépôt des juifs étrangers, me dit-il. Nous allons vous conduire dans la cellule des juifs français Vous êtes le seul pour le moment. D'autres viendront. Rassurez-vous.

— Tous ces petits morveux pourront parler de Marcel Proust, dit Isaïe.

— Moi, quand j'entends parler de culture, je sors ma matraque, dit Saül.

— Je donne le coup de grâce ! dit Isaac.

— Allons, n'effrayez pas ce jeune homme, dit Bloch d'une voix suppliante.

Il se retourna vers moi :

— Dès demain, vous serez fixé sur votre cas.

Isaac et Saül me firent entrer dans une petite chambre. Isaïe nous rejoignit et me tendit un pyjama rayé. Sur la veste était cousue une étoile de David en tissu jaune où je lus : « *Französisch Jude.* » Isaac me fit un croche-pied avant de refermer la porte blindée et je tombai à plat ventre.

Une veilleuse éclairait la cellule. Je ne tardai pas à m'apercevoir que le sol était jonché de lames Gillette extra-bleues. Comment les policiers avaient-ils deviné mon vice, cette envie folle d'avaler les lames de rasoir ? Je regrettais, maintenant, qu'ils ne m'eussent pas enchaîné au mur. Pendant toute la nuit, je dus me crisper, me mordre les paumes pour ne pas succomber au vertige. Un geste de trop et je risquais d'absorber ces lames les unes après les autres. Une orgie de Gillette extra-bleues. C'était vraiment le supplice de Tantale.

Au matin, Isaïe et Isaac vinrent me chercher. Nous longeâmes un couloir interminable. Isaïe me désigna une porte et me dit d'entrer. En guise d'adieu, Isaac m'assena un coup de poing sur la nuque.

Il était assis devant un grand bureau d'acajou. Apparemment, il m'attendait. Il portait un uniforme noir, et je remarquai deux étoiles de David au revers de sa veste. Il fumait la pipe, ce qui accentuait l'importance de ses mâchoires. Coiffé d'un béret, il aurait pu à la rigueur passer pour Joseph Darnand.

— Vous êtes bien Raphaël Schlemilovitch ? me demanda-t-il d'une voix martiale.

— Oui.

— Juif français ?

— Oui.

— Vous avez été appréhendé hier soir par l'amiral Levy, à bord du paquebot *Sion* ?

— Oui.

— Et déféré aux autorités policières, en l'occurrence au commandant Elias Bloch ?

— Oui.

— Ces brochures subversives ont bien été trouvées dans vos bagages ?

Il me tendit un volume de Proust, le *Journal* de Franz Kafka, les photographies de Chaplin, Stroheim et Groucho Marx, les reproductions de Modigliani et de Soutine.

— Bon, je me présente : général Tobie Cohen, commissaire à la Jeunesse et au Relè-

vement moral. Maintenant parlons peu, parlons bien. Pourquoi êtes-vous venu en Israël ?

— Je suis une nature romantique. Je ne
voulais pas mourir sans avoir vu la terre de
mes ancêtres.

— Et vous comptiez ensuite REVENIR en
Europe, n'est-ce pas ? Recommencer vos
simagrées, votre guignol ? Inutile de me
répondre, je connais la chanson : l'inquiétude
juive, le lamento juif, l'angoisse juive, le
désespoir juif... On se vautre dans le malheur, on en redemande, on voudrait retrouver
la douce atmosphère des ghettos et la volupté
des pogroms ! De deux choses l'une, Schlemilovitch : ou vous m'écoutez et vous suivez
mes instructions : alors, c'est parfait ! Ou bien
vous continuez à jouer la forte tête, le juif
errant, le persécuté, et dans ce cas je vous remets
entre les mains du commandant Elias Bloch !
Vous savez ce qu'il fera de vous, Elias Bloch ?

— Oui, mon général !

— Je vous signale que nous disposons de
tous les moyens nécessaires pour calmer les
petits masochistes de votre espèce, dit-il en
essuyant une larme. La semaine dernière un
juif anglais a voulu faire le malin ! Il débar-

184

quait d'Europe avec les sempiternelles histoires, ces histoires poisseuses : Diaspora, persécutions, destin pathétique du peuple juif!... Il s'obstinait dans son rôle d'écorché vif! Il ne voulait rien entendre! A l'heure présente, Bloch et ses lieutenants s'occupent de lui! Je vous assure qu'il va bien souffrir! Au-delà de tout ce qu'il pouvait espérer! Il va enfin l'éprouver, le destin pathétique du peuple juif! Il réclamait du Torquemada, de l'Himmler garanti! Bloch s'en charge! A lui seul il vaut bien tous les inquisiteurs et les gestapistes réunis. Vous tenez vraiment à passer entre ses mains, Schlemilovitch?

— Non, mon général.

— Alors, écoutez-moi : vous vous trouvez maintenant dans un pays jeune, vigoureux, dynamique. De Tel-Aviv à la mer Morte, de Haïfa à Eilat, l'inquiétude, la fièvre, les larmes, la POISSE juives n'intéressent plus personne. Plus personne! Nous ne voulons plus entendre parler de l'esprit critique juif, de l'intelligence juive, du scepticisme juif, des contorsions juives, de l'humiliation, du malheur juif... (Les larmes inondaient son visage.) Nous laissons tout cela aux jeunes

185

esthètes européens de votre espèce ! Nous sommes des types énergiques, des mâchoires carrées, des pionniers et pas du tout des chanteuses yiddish, à la Proust, à la Kafka, à la Chaplin ! Je vous signale que nous avons fait récemment un autodafé sur la grand-place de Tel-Aviv : les ouvrages de Proust, Kafka et consorts, les reproductions de Soutine, Modigliani et autres invertébrés, ont été brûlés par notre jeunesse, des gars et des filles qui n'ont rien à envier aux Hitlerjugend : blonds, l'œil bleu, larges d'épaules, la démarche assurée, aimant l'action et la bagarre ! (Il poussa un gémissement.) Pendant que vous cultiviez nos névroses, ils se musclaient. Pendant que vous vous lamentiez, ils travaillaient dans les kibboutzim ! N'avez-vous pas honte, Schlemilovitch ?

— Si, mon général.

— Parfait ! Alors promettez-moi de ne plus jamais lire Proust, Kafka et consorts, de ne plus baver sur des reproductions de Modigliani et de Soutine, de ne plus penser à Chaplin, ni à Stroheim, ni aux Marx Brothers, d'oublier définitivement le doc-

teur Louis-Ferdinand Céline, le juif le plus
sournois de tous les temps !

— C'est promis, mon général.

— Moi, je vous ferai lire de bons
ouvrages ! J'en possède une grande quantité
en langue française : avez-vous lu *L'Art
d'être chef* par Courtois ? *Restauration fami-
liale et Révolution nationale* par Sauvage ? *Le
Beau Jeu de ma vie* par Guy de Larigaudie ?
Le Manuel du père de famille par le vice-
amiral de Penfentenyo ? Non ? vous les
apprendrez par cœur ! je veux vous muscler
le moral ! D'autre part, je vais vous envoyer
illico dans un kibboutz disciplinaire. Rassurez-vous, l'expérience ne durera que trois
mois ! Le temps de vous donner les biceps
qui vous manquent et de vous débarrasser
des microbes du cosmopolitisme juif. C'est
entendu ?

— Oui, mon général.

— Vous pouvez disposer, Schlemilovitch.
Je vous ferai apporter par mon ordonnance
les livres dont nous avons parlé. Lisez-les,
en attendant de manier la pioche au
Néguev Serrez-moi la main, Schlemilo·
vitch. Plus fort que ça, nom de Dieu

Regard droit, s'il vous plaît! Le menton tendu! Nous ferons de vous un sabra! (Il éclata en sanglots.)

— Merci, mon général.

Saül me reconduisit à ma cellule. Je reçus quelques coups de poing mais mon garde-chiourme s'était singulièrement radouci depuis la veille. Je le soupçonnai d'écouter aux portes. Sans doute était-il impressionné par la docilité que je venais de manifester en face du général Cohen.

Le soir, Isaac et Isaïe me firent monter dans un camion militaire où se trouvaient déjà plusieurs jeunes gens, juifs étrangers comme moi. Tous étaient vêtus de pyjamas rayés.

— Défense de parler de Kafka, Proust et consorts, dit Isaïe.

— Quand nous entendons parler de culture, nous sortons nos matraques, dit Isaac.

— Nous n'aimons pas tellement l'intelli-gence, dit Isaïe.

— Surtout quand elle est juive, dit Isaac.

— Et ne jouez pas aux petits martyrs, dit Isaïe. La plaisanterie a assez duré. Vous pouviez faire des grimaces en Europe, devant les goyes. Ici, nous sommes entre nous. Inutile de vous fatiguer.

— Compris ? dit Isaac. Vous allez chanter jusqu'à la fin du voyage. Des chansons de troupe vous feront le plus grand bien. Répétez avec moi...

Vers quatre heures de l'après-midi, nous arrivâmes au kibboutz pénitentiaire. Un grand bâtiment de béton, entouré de fils barbelés. Le désert s'étendait à perte de vue. Isaïe et Isaac nous rassemblèrent devant la grille d'entrée et procédèrent à l'appel. Nous étions huit disciplinaires : trois juifs anglais, un juif italien, deux juifs allemands, un juif autrichien et moi-même, juif français. Le dirigeant du camp apparut et nous dévisagea les uns après les autres. Ce colosse blond, sanglé d'un uniforme noir, ne m'inspira pas confiance. Pourtant deux étoiles de David scintillaient aux revers de sa veste.

— Tous des intellectuels, évidemment !
nous dit-il d'une voix furibonde. Comment
voulez-vous changer en combattants de choc
ces débris humains ? Vous nous avez fait une
belle réputation en Europe avec vos jéré-
miades et votre esprit critique. Eh bien,
messieurs, il ne s'agit plus de gémir mais de se
faire les muscles. Il ne s'agit plus de critiquer
mais de construire ! Lever à six heures,
demain matin. Montez au dortoir ! Plus vite
que cela ! Au pas de course ! Une deux, une
deux !

Quand nous fûmes couchés, le commandant du camp traversa le dortoir, suivi de
trois gaillards grands et blonds comme lui.

— Voici vos surveillants, dit-il d'une voix
très douce. Siegfried Levy, Günther Cohen,
Hermann Rappoport. Ces archanges vont
vous dresser ! la plus petite désobéissance sera
punie de mort ! N'est-ce pas, mes chéris ?
N'hésitez pas à les descendre s'ils vous
ennuient... Une balle dans la tempe, pas de
discussions ! Compris mes anges ?

Il leur caressa gentiment les joues.

— Je ne veux pas que ces juifs d'Europe
entament votre santé morale...

190

A six heures du matin, Siegfried, Günther et Hermann nous tirèrent de nos lits en nous donnant des coups de poing. Nous revêtîmes notre pyjama rayé. On nous conduisit au bureau administratif du kibboutz. Nous déclinâmes nos nom, prénoms, date de naissance, à une jeune femme brune qui portait la chemisette kaki et le pantalon gris-bleu de l'armée. Siegfried, Günther et Hermann restèrent derrière la porte du bureau. Mes compagnons quittèrent la pièce les uns après les autres, après avoir répondu aux questions de la jeune femme. Mon tour vint. La jeune femme leva la tête et me regarda droit dans les yeux. Elle ressemblait à Tania Arcisewska comme une sœur jumelle. Elle me dit :

— Je m'appelle Rebecca et je vous aime.

Je ne sus que répondre.

— Voilà, m'expliqua-t-elle, ils vont vous tuer. Il faut que vous partiez dès ce soir. Je m'en occupe. Je suis officier de l'armée israélienne, et je n'ai pas de compte à rendre au commandant du camp. Je vais lui emprunter le camion militaire sous prétexte que je dois me rendre à Tel-Aviv pour une conférence d'état-major. Vous viendrez avec moi. Je volerai tous les papiers de Siegfried Levy et je vous les donnerai. De cette façon vous n'aurez rien à craindre de la police dans l'immédiat. Après, nous aviserons. Nous pourrons prendre le premier bateau pour l'Europe et nous marier. Je vous aime, je vous aime. Je vous ferai appeler dans mon bureau ce soir à huit heures. Rompez !

Nous cassâmes des pierres sous un soleil de plomb jusqu'à cinq heures de l'après-midi. Je n'avais jamais manié la pioche et mes belles mains blanches saignaient abominablement. Siegfried, Günther et Hermann nous surveillaient en fumant des Lucky Strike. A aucun moment de la journée ils n'avaient articulé la moindre parole et je pensais qu'ils étaient muets. Siegfried leva la main pour nous indiquer que notre travail était fini. Hermann se dirigea vers les trois juifs anglais, sortit son revolver et les abattit, l'œil absent. Il alluma une Lucky Strike et la fuma en scrutant le ciel. Nos trois gardiens nous ramenèrent au kibboutz après avoir enterré sommairement les juifs anglais. On nous laissa contempler le désert à travers les barbelés. A huit heures, Hermann Rappoport vint me chercher et me conduisit au bureau administratif du kibboutz.

— J'ai envie de m'amuser, Hermann! dit Rebecca. Laisse-moi ce petit juif, je l'emmène à Tel-Aviv, je le viole et lui fais la peau, c'est promis!

Hermann approuva de la tête.

— Maintenant à nous deux! me dit-elle d'une voix menaçante.

Quand Rappoport eut quitté la pièce, elle me pressa tendrement la main.

— Nous n'avons pas un instant à perdre! Suis-moi!

Nous franchîmes la porte du camp et montâmes dans le camion militaire. Elle prit place au volant.

— A nous la liberté! me dit-elle. Tout à l'heure, nous nous arrêterons. Tu enfileras l'uniforme de Siegfried Levy que je viens de voler. Les papiers sont dans la poche intérieure.

Nous arrivâmes à destination vers onze heures du soir.

— Je t'aime et j'ai envie de retourner en Europe, me dit-elle. Ici il n'y a que des brutes, des soldats, des boy-scouts et des emmerdeurs. En Europe, nous serons tranquilles. Nous pourrons lire Kafka à nos enfants.

— Oui, ma petite Rebecca. Nous allons danser toute la nuit et demain matin nous prendrons le bateau pour Marseille !

Les soldats que nous croisions dans la rue se mettaient au garde-à-vous devant Rebecca.

— Je suis lieutenant, me dit-elle avec un sourire. Pourtant je n'ai qu'une hâte : jeter cet uniforme à la poubelle et revenir en Europe.

Rebecca connaissait à Tel-Aviv une boîte de nuit clandestine où l'on dansait sur des chansons de Zarah Leander et de Marlène Dietrich. Cet endroit était très apprécié des jeunes femmes de l'armée. Leurs cavaliers devaient revêtir à l'entrée un uniforme d'officier de la Luftwaffe. Une lumière tamisée favorisait les épanchements. Leur première danse fut un tango : *Der Wind hat mir ein Lied erzählt,* que Zarah Leander chantait d'une voix envoûtante. Il glissa à l'oreille de Rebecca : « *Du bist der Lenz nachdem ich verlangte.* » A la seconde danse : *Schön war die Zeit,* il l'embrassa longuement en lui tenant les épaules. La voix de Lala Andersen étouffa bientôt celle de Zarah Leander. Aux premières paroles de *Lili Marlène,* ils entendirent les sirènes de la police. Il y eut un grand remue-ménage autour d'eux mais personne ne pouvait plus sortir : le commandant Elias Bloch, Saül, Isaac et Isaïe avaient fait irruption dans la salle, revolver au poing.

— Embarquez-moi tous ces pitres, rugit Bloch. Faisons d'abord une rapide vérification d'identité.

Quand vint son tour, Bloch le reconnut en dépit de l'uniforme de la Luftwaffe.

— Comment ? Schlemilovitch ? Je croyais qu'on vous avait envoyé dans un kibboutz disciplinaire ! En tenue de la Luftwaffe par-dessus le marché ! Décidément, ces juifs européens sont incorrigibles.

Il lui désigna Rebecca :

— Votre fiancée ? Juive française certainement ? Et déguisée en lieutenant de l'armée israélienne ! De mieux en mieux ! Tenez, voici mes amis ! Je suis bon prince, je vous invite à sabler le champagne !

Ils furent aussitôt entourés par un groupe de fêtards qui leur tapèrent allégrement sur l'épaule. Il reconnut la marquise de Fougeire-Jusquiames, le vicomte Lévy-Vendôme, Paulo Hayakawa, Sophie Knout, Jean-Farouk de Mérode, Otto da Silva, M. Igor, la vieille baronne Lydia Stahl, la princesse Chericheff-Deborazoff, Louis-Ferdinand Céline et Jean-Jacques Rousseau.

— Je viens de vendre cinquante mille paires de chaussettes à la Wehrmacht, annonça Jean-Farouk de Mérode quand ils furent attablés.

— Et moi, dix mille pots de peinture à la Kriegsmarine, dit Otto da Silva.

— Savez-vous que les boy-scouts de Radio-Londres m'ont condamné à mort ? dit Paulo Hayakawa. Ils m'appellent « le bootlegger nazi du cognac » !

— Ne vous inquiétez pas, dit Lévy-Vendôme. Nous achèterons les résistants français et les Anglo-Américains comme nous avons acheté les Allemands ! Ayez sans cesse à l'esprit cette maxime de notre maître Joanovici : « Je ne suis pas vendu aux Allemands. C'est moi, Joseph Joanovici, juif, qui ACHÈTE les Allemands. »

— Je travaille à la Gestapo française de Neuilly depuis près d'une semaine, déclara M. Igor.

— Je suis la meilleure indicatrice de Paris, dit Sophie Knout. On m'appelle Mlle Abwehr.

— J'adore les gestapistes, dit la marquise de Fougeire-Jusquiames. Ils sont plus virils que les autres.

— Vous avez raison, dit la princesse Chericheff-Deborazoff. Tous ces tueurs me mettent en rut.

— L'occupation allemande a du bon, dit Jean-Farouk de Mérode, et il exhiba un portefeuille en crocodile mauve, bourré de billets de banque.

— Paris est beaucoup plus calme, dit Otto da Silva.

— Les arbres beaucoup plus blonds, dit Paulo Hayakawa.

— Et puis on entend le bruit des cloches, dit Lévy-Vendôme.

— Je souhaite la victoire de l'Allemagne ! dit M. Igor.

— Voulez-vous des Lucky Strike ? demanda la marquise de Fougeire-Jusquiames en leur tendant un étui à cigarettes de platine, serti d'émeraudes. J'en reçois régulièrement d'Espagne.

— Non, du champagne ! Buvons immédiatement à la santé de l'Abwehr ! dit Sophie Knout.

— Et à celle de la Gestapo ! dit la princesse Chericheff-Deborazoff.

— Une balade au bois de Boulogne ? proposa le commandant Bloch en se tournant vers lui. J'ai envie de prendre l'air ! Votre fiancée peut nous accompagner. Nous rejoindrons notre petite bande à minuit place de l'Étoile pour boire un dernier verre !

Ils se retrouvèrent sur le trottoir de la rue Pigalle. Le commandant Bloch lui désigna trois Delahaye blanches et une traction noire qui stationnaient devant le night-club.

— Les voitures de notre petite bande ! lui expliqua-t-il. Nous utilisons cette traction pour les rafles. Alors choisissons une Delahaye, si vous le voulez bien. Ce sera plus gai.

Saül prit place au volant, Bloch et lui sur le siège avant, Isaïe, Rebecca et Isaac sur le siège arrière.

— Que faisiez-vous au *Grand-Duc*? lui demanda le commandant Bloch. Ignorez-vous que cette boîte de nuit est réservée aux agents de la Gestapo française et aux trafiquants du marché noir ?

Ils arrivèrent place de l'Opéra. Il remarqua une grande banderole où il était écrit : « KOMMANDANTUR PLATZ ».

— Quel plaisir de rouler en Delahaye ! lui dit Bloch. Surtout à Paris, au mois de mai 1943. N'est-ce pas, Schlemilovitch ?

Il le regarda fixement. Ses yeux étaient doux et compréhensifs.

— Entendons-nous bien, Schlemilovitch : je ne veux pas contrarier les vocations. Grâce à moi, on vous décernera certainement la palme du martyre à laquelle vous n'avez cessé d'aspirer depuis votre naissance. Oui, le plus beau cadeau qu'on puisse vous faire, vous allez le recevoir de mes mains tout à l'heure :

une rafale de plomb dans la nuque ! Auparavant, nous liquiderons votre fiancée. Êtes-vous content ?

Pour combattre sa peur, il serra les dents et rassembla quelques souvenirs. Ses amours avec Eva Braun et Hilda Murzzuschlag. Ses premières promenades à Paris, l'été 1940, en uniforme de S.S. Brigadenführer : une ère nouvelle commençait, ils allaient purifier le monde, le guérir à jamais de la lèpre juive. Ils avaient la tête claire et les cheveux blonds. Plus tard, son panzer écrase les blés d'Ukraine. Plus tard, le voici en compagnie du maréchal Rommel, foulant les sables du désert. Il est blessé à Stalingrad. A Hambourg, les bombes au phosphore feront le reste. Il a suivi son Führer jusqu'au bout. Se laissera-t-il impressionner par Elias Bloch ?

— Une rafale de plomb dans la nuque ! Qu'en dites-vous, Schlemilovitch ?

De nouveau les yeux du commandant Bloch le scrutèrent.

— Vous êtes de ceux qui se laissent matraquer avec un sourire triste ! Les vrais juifs, les juifs cent pour cent, *made in Europa*.

Ils s'engageaient dans le bois de Boulogne.

Il s'est rappelé les après-midi qu'il passait au Pré-Catelan et à la Grande Cascade sous la surveillance de Miss Evelyn mais il ne vous ennuiera pas avec ses souvenirs d'enfance. Lisez donc Proust, cela vaut mieux.

Saül arrêta la Delahaye au milieu de l'allée des Acacias. Lui et Isaac entraînèrent Rebecca et la violèrent sous mes yeux. Le commandant Bloch m'avait préalablement passé les menottes et les portières étaient fermées à clé. De toute façon, je n'aurais pas esquissé un geste pour défendre ma fiancée.

Nous prîmes la direction de Bagatelle. Isaïe, plus raffiné que ses deux compagnons, tenait Rebecca par la nuque et introduisit son sexe dans la bouche de ma fiancée. Le commandant Bloch me donnait de petits coups de poignard sur les cuisses, si bien que mon impeccable pantalon S.S. ne tarda pas à dégouliner de sang.

Ensuite la Delahaye s'arrêta au carrefour des Cascades. Isaïe et Isaac sortirent à nouveau Rebecca de la voiture. Isaac l'empoigna par les cheveux et la renversa. Rebecca se mit à rire. Ce rire s'amplifia, l'écho le renvoya à travers tout le bois, il s'amplifia encore, atteignit une hauteur vertigineuse et se brisa en sanglots.

— Votre fiancée est liquidée, chuchote le commandant Bloch. Ne soyez pas triste ! Nous devons retrouver nos amis !

Toute la bande nous attend, en effet, place de l'Étoile.

— C'est l'heure du couvre-feu, me dit Jean-Farouk de Mérode, mais nous avons des Ausweis spéciaux.

— Voulez-vous que nous allions au *One-Two-Two*? me propose Paulo Hayakawa. Il y a là-bas des filles sensationnelles. Pas besoin de payer ! Il suffit que je montre ma carte de la Gestapo française.

— Et si nous faisions quelques perquisitions chez les gros bonnets du quartier ? dit M. Igor.

— Je préférerais piller une bijouterie, dit Otto da Silva.

— Ou un antiquaire, dit Lévy-Vendôme. J'ai promis trois bureaux Directoire à Goering.

— Que diriez-vous d'une rafle ? demande le commandant Bloch. Je connais un repaire de « résistants » rue Lepic.

— Bonne idée, s'écrie la princesse Chericheff-Deborazoff. Nous les torturerons dans mon hôtel particulier de la place d'Iéna.

— Nous sommes les rois de Paris, dit Paulo Hayakawa.

— Grâce à nos amis allemands, dit M. Igor.

— Amusons-nous ! dit Sophie Knout. L'Abwehr et la Gestapo nous protègent.

— Pourvu que ça dure ! dit la vieille baronne Lydia Stahl.

— Après nous le déluge ! dit la marquise de Fougeire-Jusquiames.

— Venez donc au P.C. de la rue Lauriston ! dit Bloch. J'ai reçu trois caisses de whisky. Nous finirons la nuit en beauté.

— Vous avez raison, commandant, dit Paulo Hayakawa. D'ailleurs, ce n'est pas pour rien qu'on nous appelle la « Bande de la rue Lauriston ».

— RUE LAURISTON ! Rue LAURISTON ! scandent la marquise de Fougeire-Jusquiames et la princesse Chericheff-Deborazoff.

— Inutile de prendre les voitures, dit Jean-Farouk de Mérode. Nous ferons le chemin à pied.

Jusque-là, ils m'ont témoigné de la bienveillance, mais à peine sommes-nous engagés
dans la rue Lauriston qu'ils me dévisagent
tous d'une manière insupportable.

— Qui êtes-vous ? me demande Paulo
Hayakawa.

— Un agent de l'Intelligence Service ? me
demande Sophie Knout.

— Expliquez-vous, me dit Otto da Silva

— Votre gueule ne me revient pas ! me
déclare la vieille baronne Lydia Stahl.

— Pourquoi vous êtes-vous déguisé en
S.S. ? me demande Jean-Farouk de Mérode.

— Montrez-nous vos papiers, m'ordonne
M. Igor.

— Vous êtes juif ? me demande Lévy-
Vendôme. Allons, avouez !

— Vous vous prenez toujours pour Marcel
Proust, petite frappe ? s'enquiert la marquise
de Fougeire-Jusquiames.

— Il finira bien par nous donner des
précisions, déclare la princesse Chericheff-
Deborazoff. *Les langues se délient rue Lauriston.*

Bloch me remet les menottes. Les autres
me questionnent de plus belle. Une envie de

vomir me prend tout à coup. Je m'appuie contre une porte cochère.

— Nous n'avons pas de temps à perdre, me dit Isaac. Marchez !

— Un petit effort, me dit le commandant Bloch. Nous arrivons bientôt. C'est au numéro 93.

Je trébuche et m'affale sur le trottoir. Ils font cercle autour de moi. Jean-Farouk de Mérode, Paulo Hayakawa, M. Igor, Otto da Silva et Lévy-Vendôme portent de beaux smokings roses et des chapeaux mous. Bloch, Isaïe, Isaac et Saül sont beaucoup plus stricts avec leurs imperméables verts. La marquise de Fougeire-Jusquiames, la princesse Chericheff-Deborazoff, Sophie Knout et la vieille baronne Lydia Stahl ont chacune un vison blanc et une rivière de diamants.

Paulo Hayakawa fume un cigare dont il me jette négligemment les cendres au visage, la princesse Chericheff-Deborazoff me taquine les joues de ses chaussures à talon.

— Alors, Marcel Proust, on ne veut pas se relever ? me demande la marquise de Fougeire-Jusquiames.

— Un petit effort, Schlemilovitch, supplie

le commandant Bloch, juste la rue à traverser. Regardez là en face, le 93...

— Ce jeune homme est têtu, dit Jean-Farouk de Mérode. Vous m'excuserez, mais je vais boire un peu de whisky. Je ne supporte pas d'avoir le gosier sec.

Il traverse la rue, suivi de Paulo Hayakawa, Otto da Silva et M. Igor. La porte du 93 se referme sur eux.

Sophie Knout, la vieille baronne Lydia Stahl, la princesse Chericheff-Deborazoff et la marquise de Fougeire-Jusquiames ne tardent pas à les rejoindre. La marquise de Fougeire-Jusquiames m'a enveloppé de son manteau de vison en me murmurant à l'oreille :

— Ce sera ton linceul. Adieu, mon ange.

Reste le commandant Bloch, Isaac, Saül, Isaïe et Lévy-Vendôme. Isaac tente de me relever en tirant sur la chaîne des menottes.

— Laissez-le, dit le commandant Bloch. Il est bien mieux allongé.

Saül, Isaac, Isaïe et Lévy-Vendôme vont s'asseoir sur le perron du 93 et me regardent en pleurant.

— Tout à l'heure, je rejoindrai les autres !

me dit le commandant Bloch, d'une voix triste. *Le whisky et le champagne couleront à flots comme d'habitude, rue Lauriston.*

Il approche son visage du mien. Décidément, il ressemble trait pour trait à mon vieil ami Henri Chamberlin-Laffont.

— Vous allez mourir dans un uniforme de S.S., me dit-il. Vous êtes émouvant, Schlemilovitch, émouvant !

Des fenêtres du 93 me parviennent quelques éclats de rire et le refrain d'une chanson :

Moi, j'aime le music-hall
Ses jongleurs
Ses danseuses légères...

— Vous entendez ? me demande Bloch, les yeux embués de larmes. En France, Schlemilovitch, tout finit par des chansons ! Alors, conservez votre bonne humeur !

Il sort un revolver de la poche droite de son imperméable. Je me lève et recule en titubant. Le commandant Bloch ne me quitte pas des yeux. En face, sur le perron, Isaïe, Saül, Isaac et Lévy-Vendôme pleurent toujours. Je considère un moment la façade du 93. Derrière les baies vitrées, Jean-Farouk de Mérode, Paulo Hayakawa, M. Igor, Otto da Silva, Sophie Knout, la vieille baronne Lydia Stahl, la marquise de Fougeire-Jusquiames, la princesse Chericheff-Deborazoff, l'inspecteur Bonny me font des grimaces et des pieds de nez. Une sorte de chagrin allègre m'envahit, que je connais bien. Rebecca avait raison de rire tout à l'heure. Je rassemble mes dernières forces. Un rire nerveux, malingre. Bientôt il s'enfle au point de secouer mon corps et de le plier. Peu m'importe que le commandant Bloch s'approche lentement de moi, je suis tout à fait rassuré. Il brandit son revolver et hurle :

— Tu ris ? TU RIS ? Attrape donc, petit juif, attrape !

Ma tête éclate, mais j'ignore si c'est à cause des balles ou de ma jubilation.

Les murs bleus de la chambre et la fenêtre. A mon chevet se trouve le docteur Sigmund Freud. Pour m'assurer que je ne rêve pas, je caresse son crâne chauve de la main droite.

— ... mes infirmiers vous ont ramassé cette nuit sur le Franz-Josefs-Kai et vous ont conduit dans ma clinique de Potzleindorf. Un traitement psychanalytique vous éclaircira les idées. Vous deviendrez un jeune homme sain, optimiste, sportif, c'est promis. Tenez, je veux que vous lisiez le pénétrant essai de votre compatriote Jean-Paul Schweitzer de la Sarthe : *Réflexions sur la question juive.* Il faut à tout prix que vous compreniez ceci : LE JUIF N'EXISTE PAS, comme le dit très pertinemment Schweitzer de la Sarthe. VOUS N'ÊTES PAS JUIF, vous êtes un homme parmi d'autres hommes, voilà tout. Vous n'êtes pas juif, je vous le répète, vous avez simplement des délires hallucinatoires, des fantasmes, rien de plus, une très légère paranoïa... Personne ne vous veut du mal, mon petit, on ne demande qu'à être gentil avec vous. Nous vivons actuellement dans un monde pacifié. Himmler est mort, comment se fait-il que vous vous rappeliez tout cela, vous n'étiez pas né, allons, soyez raisonnable, je vous en supplie, je vous en conjure, je vous. .

Je n'écoute plus le docteur Freud. Pourtant, il se met à genoux, m'exhorte les bras tendus, prend sa tête dans ses mains, se roule par terre en signe de découragement, marche à quatre pattes, aboie, m'adjure encore de renoncer aux « délires hallucinatoires », à la « névrose judaïque », à la « yiddish paranoïa » Je m'étonne de le voir dans un pareil état : sans doute ma présence l'indispose-t-elle ?

— Arrêtez ces gesticulations ! lui dis-je. Je n'accepte pour médecin traitant que le docteur Bardamu. Bardamu Louis-Ferdinand... Juif comme moi... Bardamu. Louis-Ferdinand Bardamu...

Je me suis levé et j'ai marché avec difficulté jusqu'à la fenêtre. Le psychanalyste sanglotait dans un coin. Dehors le Potzleindorfer Park étincelait sous la neige et le soleil. Un tramway rouge descendait l'avenue. Je pensai à l'avenir qu'on me proposait : une guérison rapide grâce aux bons soins du docteur Freud, les hommes et les femmes m'attendant à la porte de la clinique avec leurs regards chauds et fraternels. Le monde, plein de chantiers épatants, de ruches bourdonnantes.

Le beau Potzleindorfer Park, là, tout près, la verdure et les allées ensoleillées...

Je me glisse furtivement derrière le psychanalyste et lui tapote le crâne.

— Je suis bien fatigué, lui dis-je, bien fatigué...

DU MÊME AUTEUR

Aux Éditions Gallimard

LA PLACE DE L'ÉTOILE, *roman*. Nouvelle édition revue et corrigée en 1995 (« Folio », *n° 698*).

LA RONDE DE NUIT, *roman* (« Folio », *n° 835*).

LES BOULEVARDS DE CEINTURE, *roman* (« Folio », *n° 1033*).

VILLA TRISTE, *roman* (« Folio », *n° 953*).

EMMANUEL BERL, INTERROGATOIRE *suivi de* IL FAIT BEAU ALLONS AU CIMETIÈRE. *Interview, préface et postface de Patrick Modiano* (« Témoins »).

LIVRET DE FAMILLE (« Folio », *n° 1293*).

RUE DES BOUTIQUES OBSCURES, *roman* (« Folio », *n° 1358*).

UNE JEUNESSE, *roman* (« Folio », *n° 1629*; « Folio Plus », *n° 5*, avec notes et dossier par Marie-Anne Macé).

DE SI BRAVES GARÇONS (« Folio », *n° 1811*).

QUARTIER PERDU, *roman* (« Folio », *n° 1942*).

DIMANCHES D'AOÛT, *roman* (« Folio », *n° 2042*).

UNE AVENTURE DE CHOURA, *illustrations de Dominique Zehrfuss* (« Albums Jeunesse »).

UNE FIANCÉE POUR CHOURA, *illustrations de Dominique Zehrfuss* (« Albums Jeunesse »).

VESTIAIRE DE L'ENFANCE, *roman* (« Folio », *n° 2253*).

VOYAGE DE NOCES, *roman* (« Folio », *n° 2330*).

UN CIRQUE PASSE, *roman* (« Folio », *n° 2628*).

DU PLUS LOIN DE L'OUBLI, *roman* (« Folio », *n° 3005*).

DORA BRUDER (« Folio », *n° 3181*; « La Bibliothèque Gallimard », *n° 144*).

DES INCONNUES (« Folio », *n° 3408*).

LA PETITE BIJOU, *roman* (« Folio », *n° 3766*).

ACCIDENT NOCTURNE, *roman* (« Folio », *n° 4184*).

UN PEDIGREE (« Folio », *n° 4377*).

TROIS NOUVELLES CONTEMPORAINES, *avec Marie NDiaye et Alain Spiess*, lecture accompagnée par Françoise Spiess (« La Bibliothèque Gallimard », *n° 174*).

DANS LE CAFÉ DE LA JEUNESSE PERDUE, *roman* (« Folio », *n° 4834*).

L'HORIZON, *roman* (« Folio », *n° 5327*).

L'HERBE DES NUITS, *roman* (« Folio », n° 5775).

Dans la collection « Quarto »

ROMANS

En collaboration avec Louis Malle

LACOMBE LUCIEN, *scénario* (« Folioplus classiques », *n° 147*, dossier par Olivier Rocheteau et lecture d'image par Olivier Tomasini).

En collaboration avec Sempé

CATHERINE CERTITUDE. *Illustrations de Sempé* (« Folio », *n° 4298* ; « Folio Junior », *n° 600*).

Dans la collection « Écoutez lire »

LA PETITE BIJOU (3 CD).

DORA BRUDER (2 CD).

UN PEDIGREE (2 CD).

L'HERBE DES NUITS

Aux Éditions P.O.L

MEMORY LANE, en collaboration avec Pierre Le-Tan

POUPÉE BLONDE, en collaboration avec Pierre Le-Tan

Aux Éditions du Seuil

REMISE DE PEINE.

FLEURS DE RUINE.

CHIEN DE PRINTEMPS.

Aux Éditions Hoëbeke

PARIS TENDRESSE, *photographies de Brassaï.*

COLLECTION FOLIO

Dernières parutions

5647. Marc Dugain — *Avenue des Géants*
5649. Sempé-Goscinny — *Le Petit Nicolas, c'est Noël !*
5650. Joseph Kessel — *Avec les Alcooliques Anonymes*
5651. Nathalie Kuperman — *Les raisons de mon crime*
5652. Cesare Pavese — *Le métier de vivre*
5653. Jean Rouaud — *Une façon de chanter*
5654. Salman Rushdie — *Joseph Anton*
5655. Lee Seug-U — *Ici comme ailleurs*
5656. Tahar Ben Jelloun — *Lettre à Matisse*
5657. Violette Leduc — *Thérèse et Isabelle*
5658. Stefan Zweig — *Angoisses*
5659. Raphaël Confiant — *Rue des Syriens*
5660. Henri Barbusse — *Le feu*
5661. Stefan Zweig — *Vingt-quatre heures de la vie d'une femme*
5662. M. Abouet/C. Oubrerie — *Aya de Yopougon, 1*
5663. M. Abouet/C. Oubrerie — *Aya de Yopougon, 2*
5664. Baru — *Fais péter les basses, Bruno !*
5665. William S. Burroughs/Jack Kerouac — *Et les hippopotames ont bouilli vifs dans leurs piscines*
5666. Italo Calvino — *Cosmicomics, récits anciens et nouveaux*
5667. Italo Calvino — *Le château des destins croisés*
5668. Italo Calvino — *La journée d'un scrutateur*
5669. Italo Calvino — *La spéculation immobilière*
5670. Arthur Dreyfus — *Belle Famille*
5671. Erri De Luca — *Et il dit*
5672. Robert M. Edsel — *Monuments Men*
5673. Dave Eggers — *Zeitoun*
5674. Jean Giono — *Écrits pacifistes*